По-американски!

Петр Боборыкин

По-американски!

ISNB: 978-1-64439-548-6

СОДЕРЖАНИЕ

По-американски!

По-американски!

ПО-АМЕРИКАНСКИ!

КНИГА ПЕРВАЯ

I

Вот уже пятый год, как у меня с maman идет все та же "пуническая война". Она кипятится; я упорствую. Возьмет верх тот, у кого больше темперамента...

Я употребила слово темперамент, а хорошенько не знаю, — как бы меня определил тот, кто этим делом занимается. Впрочем, я где-то читала, что темпераментов в сущности нет, что это только так, одно слово.

Как бы там ни было, есть возможность хоть приблизительно определить, чего от себя следует ожидать. Наружность, весь склад натуры много значит. Я — большая, широкая, полная, белокурая девушка. Во мне все крупно: и облик лица, и глаза, и рот, и руки, и талия, и походка, и манеры. Слово "крупный" употребляют теперь и в хвалебном смысле; но я описываю только свое тело.

Меня называют очень часто англичанкой, и в самом деле, когда мы живем за границей, я чувствую, что есть много общего между мной и английскими девушками. Но все-таки я вижу, как много во мне и этой русской, барской пресноты. При таком складе, как у меня, можно долго выдерживать, долго упираться; я это и делаю. Мне даже жалко становится, глядя на maman, как она, бедная, тратит по-пустому свои нервы. И будь у ней немножко больше выдержки, я была бы самое несчастное существо, замуштрованное, задерганное, донельзя раздраженное, быть может, неизлечимо-больное.

II

То, что я сказала, — фанфаронада или нет? Не думаю. И вот почему.

С тех пор, как я себя помню, maman была уже вдовой. Сестру Сашу она воспитывала в институте, а меня оставила при себе для всевозможных воспитательных экспериментов. Если умирают от чахотки, то, по моему, точно также легко умереть от воспитания. Я не знаю во всем мире существа более жалкого, как девочка, рожденная в русской барской фамилии и предназначенная к так называемому "блестящему домашнему воспитанию". Я говорю это теперь с таким мраморным спокойствием, что никак не могу заподозрить себя в увлечении.

Я не обвиняю и maman. Стоит только поставить себя на ее место. В нашей жизни, без нужды, без огорчений, без страстей, без дела, как же не схватиться обеими руками за собственную дочь и не производить над ней педагогических опытов?

И прежде всего я подметила общую болезнь наших маменек: хлопотать о том, чтобы дочь как можно скорей убедилась в отсутствии всякой последовательности, всякой логики в родительнице. Грубые выходки, окрики, запугиванье, предрассудки, тирания, уродливость отношений, — все это детали. Главное: полная анархия мысли и поведения. Кто из нас увидит это и хватит у ней того, что я уже назвала "темпераментом", та и выберется кое-как из этого болота. Меня с семи лет определили "гениальным ребенком" и вследствие этого начали меня вести, как ученую собачонку. Моя крупная натура рано подсказывала мне, как нужно быть. Я не делала почти никаких усилий ни по урокам, ни по шалостям, да если бы и делала, maman все-таки экспериментировала бы надо мною, потому что она не может кем-нибудь не распоряжаться и кого-нибудь не тормошить. До выхода сестры Саши из института, дни мои были наполнены бесчисленным количеством всяких уроков. Я сама стала выдумывать себе учителей. Этаким путем я больше оставалась одна, а maman могла рассказывать в гостиных, что я учусь по-испански и пожелала проникнуть в тайны тригонометрии. Вышла сестра

Саша из института. Она скоро выскочила замуж, и во время ее выездов в свет, у меня было довольно вечеров, чтобы хорошенько обдумать кампанию против maman, которую я решила начать, как только мне стукнет шестнадцать лет.

III

Так случилось, что свадьба сестры Саши была в день моего рождения. Стало быть сейчас же приходилось начать кампанию. Maman, выдавши старшую дочь, должна была схватиться за меня. Я не растерялась. Первые баталии происходили, разумеется, за желание "казаться большой". Почти нечего и прибавлять, что такого желания у меня не только не было, но я всякими правдами и неправдами готова была отдалить день первого выезда.

У maman это обратилось в какой-то пунктик, в какой-то тик. Если я брала что-нибудь не тем пальцем, если я надевала перчатку сначала на левую, а не на правую руку, или оправляла платье, или разрезывала книгу так, а не иначе, я знала с математической точностью, что мне будет окрик или внушительная гримаса. Думаю, что многие пожелали бы на моем месте как можно скорее не только сделаться большой, но и распрощаться с родительским кровом, выскочить замуж, как сестра Саша. Я распорядилась иначе. Еще тогда, т. е. четыре года тому назад, я сказала себе:

"До твоего совершеннолетия, ты даешь себе зарок не поддаваться никаким нервным, раздражительным впечатлениям. Не делай ни одного крупного шага до тех пор, пока ты не перестанешь состоять при своей матери в качестве девицы, которую вывозят. Как бы тебе не пришлось тошно, держись твоей программы и не траться на медные деньги. Этак ты, может быть, ничего особенного не выиграешь, зато и не сделаешь ни одной роковой глупости".

Я записываю это теперь другими словами; но сущность моих тогдашних мыслей была совершенно такая.

IV

Ну, и началась кампания. Она длится до сегодня и сроку ей еще несколько месяцев. Чего-чего не перебывало, каких внушений, замечаний, восклицаний, негодований я ни выслушивала! Каждый вечер, ложась спать, я перебирала все правила кодекса maman и подводила им итоги. В первый же месяц я убедилась, как дважды два — четыре, что в них прочного было только бессознательные инстинкты расы и касты. Все остальное я называю "медью звенящей".

И не то, чтобы maman внушала мне какие-нибудь нелепости. В другом месте, с другими мотивами, все это было бы если не полезно и не разумно, то по крайней мере последовательно. Но в нашей жизни это — калейдоскоп отрывистых фраз, слов, клочков мысли... Если б их записать в большой тетради, одну за другой, вышла бы жалкая и печальная пародия.

Убедившись в этом, я с каждым днем делала блистательные успехи в том, что я назвала "внутренней инерцией". (Тогда я сильно интересовалась физикой). Но такая рассчитанная борьба обходилась мне далеко не даром. Девичество, в условиях барской жизни, когда его отживают так, как я его отживала, — едва ли не одно из самых тягостных и унизительных положений. Гораздо легче, веселее и приятнее для самолюбия сразу выкинуть какую-нибудь штуку: убежать из дому с гусаром или со студентом, записаться в страдалицы, напустить на себя истерический тон или пересолить выходками скандального характера.

Все это я отвергла. Моя кампания двигалась по медленному стратегическому плану, и каждую горечь, каждую едкую или пошлую мелочь, каждый вид скуки, одиночества, суеты, подчиненности, бесцельности, каждую крупицу своего и чужого тщеславия я пережила по капелькам, и уж, конечно, не считаю себя героиней. Больше того, что я успела сохранить своего, самостоятельного, мыслящего, я не в силах была удержать за собою.

Быть может, есть у нас, в той же среде, особые, титанические натуры; я их не встречала.

V

И тут я вспомнила толки умных людей, — не в гостиных, а в книжках, в тех книжках, которых породистой барышне читать не следует.

"Что за дело нам, — говорят умные, новые люди, — до того барского, гнилого, пошлого мирка, до этих аристократических барынь и девиц, разъеденных тщеславием, изнывающих под гнетом скуки и праздности. Мы образуем свой новый мир; а вся эта гниль обречена на смерть и разрушение!"

Полно, так ли? Нам имя — легион! Девушек, развившихся, как они говорят, "в здоровой среде" — одна, две, десять, сто, — допустим пятьсот, хотя я глубоко уверена, что нет и половины этой цифры. Остальное, что живет сколько-нибудь умом, страстями, самолюбием, вкусами, — принадлежит к нашему легиону или, лучше сказать, к армии барышень, великосветских или нет, но веденных по одной и той же струне, дышащих одним и тем же воздухом.

Исключительные положения не создают характеров и ничего не доказывают. Вовсе не трудно выйти человеком, вырвавшись вовремя из той теплицы, где нас возростили. Но совсем другое — не разрывая "с почвой" до поры до времени, выработать в себе что-нибудь годное для хорошей, человеческой жизни. Наша армия сойдет со сцены не раньше, как через сорок лет. И мы будем во всех углах так называемого порядочного света. Из нас выберут себе жен все стоящие на виду мужчины, — те, из кого лет через пятнадцать-двадцать выйдут администраторы, судьи, дипломаты, члены земства, придворные, игроки английского клуба, хозяева, спекуляторы. Пока горсть новых женщин станет пробивать себе кое-как безвестную тропинку, мы, рожденные в сгнившем будто бы мирке, будем жить припеваючи, разъезжать по загранице, проигрывать куши в Бадене и Монако, лечиться у всех немецких профессоров, вмешиваться в дела, плясать, хандрить, злословить, увлекаться модным либерализмом или вдаваться в самую беспощадную реакцию и ежедневно, ежечасно, ежеминутно изрекать сентенции, охать и ахать на традиционные темы и муштровать следующее поколение барышень, вбивая в них тот же бездушный вздор, каким так ревностно переполняли нас!..

И после того есть такие наивные люди, которые уверили себя, что наш легион находится при последнем издыхании?!

VI

Да, я прошла настоящую выучку светской девицы нового фасона! Ведь я вовсе не "кисейная барышня", как называют новые люди девиц, проживающих в барской сфере. Мною открывается период той пустой серьезности, которая заменила прежнюю добродушную невежественность.

Спросите, чего я не знаю? Я обучалась письму и чтению, черчению и рисованию, сниманию планов и резьбе по дереву, арифметике и геометрии, физике и геологии, химии и ботанике, географии и археологии, истории и нумизматике, греческой литературе и славянским древностям, гармонии и эстетике... Я говорю на пяти языках. Упражнялась я в гимнастике, танцовании, фехтовании, верховой езде; умею ловить бабочек, собирать камни и раковины, смотреть в микроскоп, приготовлять лекарства, петь по нотам и выскабливать транспаранты иглой.

Можно ли девице иметь более разнообразную эрудицию? И я вовсе не курьезный экземпляр в моем роде. Многознайство — эпидемия нашей генерации. Замужние женщины, те, кто старше нас не больше, как лет на пять, на шесть, особливо из институток, — поражают нас своей невежественностию. Мы были предназначены судьбой на учебные эксперименты, чтоб доказать, вероятно, возможность — быть настоящей барышней и справочной энциклопедией.

Все, что я здесь сказала, может показаться странным только

тому, кто смотрит на наш мир, как на издыхающий; а между тем никто из нас и не думает сходить со сцены. По крайней мере я начинаю только собираться на настоящую борьбу, где я не удовольствуюсь одной инерцией, а стану жить на свой собственный счет, страдать и наслаждаться так, как я этого хочу.

VII

Все эта была присказка. Сказка будет впереди... Мы живем с maman постоянно на бивуаках. Вот и теперь у нас квартира взята на целую зиму, а я не знаю, проживем ли мы здесь, в Москве, больше двух месяцев...

Я сказала решительно, что не желаю больше справлять прошлогоднюю бальную службу. Было из-за этого несколько баталий, но я добилась своего. Думаю ограничиться домом сестры Саши, двумя-тремя барынями поумнее, из девиц выберу тоже двух-трех помоложе и попроще, буду много сидеть дома, приведу в порядок все мои заметки, тетради и письма.

Теперь я полная властительница двух моих комнат, куда maman не входит уже в непоказанные часы. А давно ли происходили из-за этого стычки? Года полтора тому назад, когда мы жили в По, моя приятельница, мисс Эдуардс, была поражена тем, что все входили ко мне в комнату без всякого позволения, — и maman, и сестра Саша, и муж ее, и вся прислуга.

— Помилуйте, — говорила она мне, — как вы позволяете, чтобы к вам в комнату входил прямо муж вашей сестры. Вы должны иметь свой угол, где вы полная госпожа. Ваша мать должна уважать эту внутреннюю свободу, без которой всякая девушка будет рабой своей семьи!

При всех моих вкусах к независимости, я до того времени не очень охраняла вход в мой угол. На мне еще лежал слой нашей русской распущенности; личность не сознавала еще во мне своих коренных прав. Ведь, кажется, стоит ли ссориться из-за таких пустяков; ну что за важность — войти в комнату сестры прямо, или постучавшись? А между этим лежит целая пропасть.

Когда я приехала в Лондон и сделала визит Мисс Эдуардс, я в первый раз почувствовала, что такое — настоящая свобода взрослой девушки. Мисс Эдуардс живет с бабушкой. Она не берет на себя тона хозяйки дома; но она — самостоятельный человек, особливо в своих комнатах. Все дышит у нее каким-то особенным воздухом простоты, серьезности, смелости, без скуки, без претензий на эмансипацию, без малейшей резкой выходки.

VIII

Все это будет у меня. А пока я добилась федерального устройства. В известные часы в мой штат центральная власть не проникает. Каждый день мне можно будет употреблять эти часы, как заблагорассудится.

Мне совсем не жалко заграничной зимы. Это таскание по разным зимовкам ужасно мне опостылело. Пора основаться; через несколько месяцев я должна буду решить, где выберу свою резиденцию. Быть может, здесь, в Москве...

Сестра Саша захочет, разумеется, чтоб я бывала у ней как можно чаще. Такая перспектива мне вовсе не улыбается. С тех пор, как сестра замужем, я все не могу понять, как могут они с мужем вести такую пошлую жизнь.

Саша — не дурная и не глупая женщина. У нее есть некоторый такт. Когда она в духе, она бывает даже остра и забавна. Я никогда не входила с нею в интимные разговоры, потому что не желала знать ее сердечных тайн. Я уверена, однакож, что она мужа не любит. Она постоянно и заразительно скучает, очень окружена на балах, принимает всевозможных молодых людей, даже самых глупых, и тон ее с ними такой, что я всегда должна делать вид, что ничего не слышу. Мне никто ничего не говорил двусмысленного о сестре моей, но мне сдается, что Сашу считают женщиной не только пустой, а даже больше того...

Какова бы она ни была, муж хуже ее во сто раз. Он не делает ни малейшего шага, который бы показал его желание жить по-человечески. Когда жена не таскает его по заграницам, он проводит дни и ночи в клубе, на охоте, на бегах. Я не знаю ничего тошнее этой пухлой, краснощекой, лысой, вечноулыбающейся, полусонной фигуры. Вряд ли можно вывести его каким-нибудь ударом из этой банальной спячки, которую он считает самым блаженным бытием. Не думаю, чтобы любовь жены, ее верность или неверность много значили в его глазах.

Словом, эта пара живет в беспредельном эгоизме. И она не из самых плохих. На нее наведен лоск, который спасает наше общество от страшной смерти — смешной пошлости.

IX

Саша мне все чаще и чаще говорит о каком-то молодом адвокате. Он только что кончил курс и в два месяца прославился на всю Москву. Теперь, с новыми судами, это в большой моде.

Я не очень интересовалась этими судами. Некоторые начали ездить и просиживать там целые дни от скуки. Поеду, когда будет в самом деле что-нибудь интересное. Довольно и того, что мне приходится волей-неволей изучить одного из наших будущих Жюль Фавров.

— Ты не поверишь, — говорит мне на днях Саша, — как он (дело идет об юной московской знаменитости) отличается от всех здешних мальчуганов. Он мог бы пойти по какой угодно дороге; но он выбрал адвокатуру. Его талант тут только может заявит себя.

Саша говорила это пресмешным голосом. В сущности, ей решительно все равно, есть ли у этого Жюля Фавра "en herbe" талант или нет. Он просто начал за ней ухаживать. Я не знаю даже, будет ли он иметь больше успеха, чем остальные "мальчуганы", как она выражается. Из-за одного таланта она полюбить не способна.

X

Представили мне юную знаменитость. Это — очень молодой москвич, барского вида, крупных форм, некрасивый, но представительный, довольно резких манер, с приятным, не совсем искренним голосом. До сих пор я нахожу, что голос самое лучшее во всем его существе.

Ум у него очень задорный, искристый и логический, в подробностях. Он любуется и этим умом, и каждой своей фразой, но, кажется, без особенного ораторства. В таких натурах иначе и быть не может. Они нарядны, и им нужно охорашиваться. С женщинами тон его вообще изящен и мягок, с оттенком умного селадонства, несколько комического в таком молодом человеке.

Я сейчас заметила, что он записался в разряд присяжных ухаживателей за моей сестрой. И в том, как он ухаживает, сказывается еще бо́льшая юность. Он тратит ужасно много ума, остроумия, игривости совершенно даром. Саше ничего этого не нужно. Не то, чтобы она не могла понять всех этих "lumières", но перед ней прыгало столько мундиров и фраков, что теперь она довольно одним разнообразием: вчера какой-нибудь адъютант, сегодня — юный адвокат. Она обращается с ним небрежно, но не очень-то пускается в разговоры: он боек и зубаст. Если он серьезно в нее влюбится, она будет вертеть им, как последним дурачком. Он должен быть очень тщеславен, а таких людей Саша имеет способность раздражать и дразнить. Хотя она и преисполнена сама пустоты и беспредельного эгоизма барской хандры, она никогда не рисуется, и это ей дает какую-то, как бы нравственную, силу, или, лучше сказать, инстинкт для угадывания всех оттенков мужской мелочности и фатовства. Но с такими только мужчинами ей и не скучно.

Мне показалось (я может быть ошибаюсь), что будущий Жюль Фавр взглянул на меня недоверчиво. Он точно не ожидал, что у Саши такая большая, взрослая сестра. Он, кажется, принимает меня за ее старшую сестру, т. е. за старую деву. Может быть, мне на вид гораздо больше двадцати лет, но Саша необыкновенно моложава. Ему хочется быть с ней как можно чаще наедине. Я нисколько не желаю нарушить их беседы, но не желаю также сообразоваться с его селадонскими целями. Я буду ездить к сестре ни чаще, ни реже, а сколько нужно, чтобы она не огорчалась и не приставала ко мне.

В первый вечер я не сказала почти ни одного слова, во второй — вступила в разговор, когда сестра начала упрекать его, что он совсем не ездит в свет.

— Я так занят, да и что мне делать на балах!

Фраза была очень обыкновенна, но тон ее мне сильно не понравился. Чувствовалась резкая фальшь и претензия на серьезность, слишком яркая в таком юноше,

— А у вас много дел? — спросила я его совершенно спокойным и бесцветным тоном.

— Да, я завален работой! — ответил он с каким-то актерским наклонением головы и всего туловища. Так Шумский покачивается в "Ревизоре".

И тут начал он нам рассказывать, с небрежной отчетливостью, какие у него на руках процессы и сколько они могут ему дать. Рассказывание это продолжалось больше часу. Мы несколько раз переглядывались с Сашей. Он не заметил.

XI

Осмотревшись, я приду, пожалуй, к заключению, что этот адвокат занимательнее других. У нас, в Москве, так бедно по части молодых людей. На балах фигурируют студенты первого курса. С ними — смертельная тоска. Явится зимой какой-нибудь преображенец или кавалергард, и с ними уж носятся, носятся...

Булатов (это — фамилия будущего Жюль Фавра) вчера мне гораздо больше понравился.

Я поехала одна, запросто, к Машеньке Анучиной. Она

очень симпатичная болтушка. Помешана теперь на своей консерватории. Эта мода поглотила всех полусерьезных девиц. Машенька работает по восьми часов в день, изнывает над этюдами, пишет задачи, разные партименты, говорит только о Рубинштейне и Венявском... Их там, как слышно, порядочно-таки муштруют, но все они очень довольны.

Приезжаю к Машеньке и нахожу там Булатова. Он в доме — как свой. Я тотчас же заметила, что с Машенькой Булатов обращается, как с старой приятельницей.

— Ты давно знаешь этого господина? — спросила я.

— С лета.

— Он часто бывает у вас?

— Бывал прежде часто, а теперь в кои-то веки разок.

Я не стала дальше расспрашивать. Мне почему-то сделалось не совсем ловко. Машенька приняла приниженный тон. Она вряд ли могла быть занимательна для Булатова. У ней очень хорошее сердце, но слишком обо многом ее нельзя расспрашивать. Она только и одушевляется, когда заговорит об этюдах, партиментах, фугах и разных других музыкальных премудростях.

Да и это нейдет к ее широкому, веселому, чисто русскому лицу.

XII

Когда в зале началось музицирование, Булатов подсел ко мне. Он заговорил со мной без всяких прелиминарий. Тон у него был совсем не такой, как у сестры Саши. Мне сразу же сделалось ясно, что он меня экзаменует. У него даже есть по этой части большая сноровка; видно, что он долго упражнялся в интимных разговорах с девицами. Начал он о музыке, сказал, что мало в ней смыслит, что жалеет о неимении, как он выразился, "музыкальной грамотности", и сделал несколько очень умных замечаний о нашей московской меломании.

— Вы не занимаетесь контрапунктом? — спросил он меня с усмешкой.

— Нет, теперь не занимаюсь, а когда-то училась гармонии.

— Где же это?

— В Брюсселе.

— И вкусно?

— Для меня было тогда довольно занимательно, но с особой точки зрения...

— С какой же?

— Я все искала законов.

— И нашли?

— Нашла, что есть очень выработанная техника, но и только.

Булатов вглядывал на меня с некоторым недоверием. Его тон так разнился от манеры, какую я заметила у него в гостиной сестры Саши, что мне самой сделалось немного совестно моего вчерашнего взгляда. Я собиралась третировать его, как юношу, а он говорил со мною далеко не как мальчик.

— Нравится вам эта теперешняя мания консерватории? — спросил он.

— Совсем нет, но она доказывает, что у наших московских девиц, за неимением серьезного дела, явилось желание хоть чем-нибудь заняться систематически.

Он улыбнулся.

— Вы это говорите таким тоном, точно будто вы нашли себе дело.

Эти слова Булатова не задели меня. Он их выговорил скорей грустным, чем задорным тоном.

— Да, у меня есть дело, — ответила я, помолчав.

— И какое, смею спросить?

— Подготовляться к моему совершеннолетию.

— Разве оно скоро наступит?

— Через шесть месяцев.

Он раскрыл широко глаза и собрался что-то возражать, но к нам подошли.

XIII

Булатов экзаменовал меня по пунктам. Сначала разговор шел по-французски. Убедившись, вероятно, что я не делаю московских ошибок, он перешел на отечественный диалект. Слушать его — очень приятно. У него совершенно оригинальный язык. Он произносит отдельные слова и фразы на свой особенный манер. По-французски говорит он прекрасно, опять-таки по-своему, плавно, бойко, но с неизбежной претензией на шикарные слова. Иначе и не может быть в человеке, выучившемся говорить, не выезжая никогда из Москвы. По-русски он делается проще, серьезнее и в то же время блестящее. Его адвокатские успехи становятся мне понятны. Если он также хорошо говорит в окружном суде, он очень далеко пойдет.

С сестрой Сашей он, разумеется, не будет никогда изъясняться по-русски. Она не услышит от него никаких простых и умных вещей. Да ей их и не нужно. Так неужели Булатов начал свое ухаживание с чисто внешней целью?..

А почему же нет? Он адвокат, стало быть фразер, краснобай!

XIV

— Вы много жили за границей? — спросил он меня.

— Да, ездила с maman четыре раза.

— И не скучали?

— Нет, я училась...

— Чему же?

— Многому, а главное училась жить своим умом.

На этот раз он взглянул на меня уже совершенно насмешливо, но тотчас опустил глаза и тихим, весьма искренним голосом заговорил:

— Признаюсь, заграничная поездка меня очень не прельщает. Прежде, когда я был студентом, я мечтал о чужих краях... Теперь у меня есть на это средства, я мог бы конечно оставить, на месяц, на два, дела, но меня как-то не тянет. Путешествие, дорога, хоть бы это было и на Западе, представляются мне с неизбежной усталостью, дурными ночевками, пересаживанием из вагона в вагон, скукой сидения и еще большей скукой торопливости, приездов и отъездов... В сущности, нет ничего глупее, как ездить в качестве туриста, без определенной цели, с поисками так называемых впечатлений. Меня может потянуть одна вещь — люди!.. Взглянуть на волнение больших масс, подышать воздухом западной интеллигенции, побеседовать с Луи Бланом, с Кине, с Гюго, с Мишле, с Литтре, подержать их за руку, послушать их задушевного слова — вот это наслаждение, вот для чего стоило бы поехать!

— А искусство? А природа? А чудеса цивилизации?

— Искусство!.. Очень ценю его, но проездом не хотел бы им наслаждаться. Ведь это опять-таки сводится к обозреванию музеев. Да и потом, надо пожить сначала, осесться, перепробовать и то, и другое, утомиться; тогда только крупные вещи творчества могут получить для нас настоящий, всеобъемлющий интерес. На втором курсе университета, мне казалось, что я тонкий знаток, пурист... — повышенная требовательность к сохранению изначальной чистоты, строгости стиля, приверженности канонам)) Тогда я бредил строгим вкусом и городил много всякого вздору. Теперь же я, право, не двинусь с Сивцева Вражка за тем только, чтоб насладиться вещью какого-нибудь Гирландая.

— Гирландайо, — поправила я.

— Это по-модному, а по-московски — Гирландая.

И он, прищурившись, надел pince-nez и добродушно улыбнулся.

— Почему же Гирландая? — спросила я.

— Да так у нас Федор Иванович произносит.

Он выговорил это очень мило.

— Так по-вашему выходит, — продолжала я, — что в молодых летах нельзя совсем ценить произведения искусства?

— А вы много ходили по музеям?

— Я рисую...

— А!

Я покраснела. Ответ мой был глуповат, но фраза сорвалась у меня с языка совершенно бессознательно.

Не знаю, понял ли он это; только его лицо продолжало смотреть на меня добродушно.

— Я не то хотела сказать, — поправилась я.

— Коли вы рисуете, значит вы-таки походили по музеям... Скажите мне, любите вы старых мастеров?

— Каких?

— Да хоть бы вот того же Гирландая.

— Признаюсь, я им всего меньше занималась.

— Ну, так и не будемте разводить эстетические разводы. Когда-нибудь, через несколько лет, поживши хорошенько, если мы сохраним интерес к искусству, мы станем иначе говорить об этой материи.

XV

Урок был очень умно преподан. Нет, это не было нравоучение. Все, что он сказал, мне нравится; он хочет жить и употреблять свою молодость, как ему нужно, не гоняясь за прописными наслаждениями. Это — хорошо.

Мы долго еще говорили. О сестре Саше не сказал он ни слова. Не распространялся также и о своем адвокатстве. У него есть такт. Я думаю, что с глазу на глаз, в сколько-нибудь серьезном разговоре, он не позволит себе заниматься собственной особой. Он должен быть впечатлителен. В обществе таких женщин, как сестра Саша, трудно и быть иначе, как фатом.

— Я вас увижу? — спросил он, подавая мне руку.

— Это от вас зависит.

— Вы будете в понедельник у вашей сестры?

Я взглянула на него. Он понял, вероятно, этот взгляд.

— Вы позволите мне явиться к вашей maman?

— Даже ко мне, если вы хотите.

Я сказала это самым простым тоном.

— К вам, не спросившись у maman?

Вопрос был сделан с легкой усмешечкой.

— Так можно было бы, — ответила я, — если бы мы были в Америке.

— Но мы на Пречистенке, — добавил он.

Я не совсем была довольна тоном этого диалога. Булатов может подумать, что я навязываюсь на знакомство и бью на эксцентричность. Впрочем, как ему будет угодно.

Он сказал, что будет у нас на днях.

XVI

Когда мы говорили с Булатовым, в стороне, у окна, Машенька продюизировалась в разных ноктюрнах и концертштюках. Я заметила, что она то и дело смотрит в нашу сторону. После ужина "à la fourchette" она удержала меня, провела к себе в комнату, начала судорожно прижиматься ко мне и ударилась в слезы.

Она страшно рыдала. Я думала, что с ней сделается истерика. Долго не могла она говорить. Я все спрашивала ее: "Что с тобою, Маша?" Она силилась начать... и не могла.

— Несчастная я! — выговорила она наконец, нервически всхлипывая.

— Почему несчастная?

— Он пошутил!.. Куда же мне понимать его таланты?!..

— О ком ты говоришь?

— Не слушай его, не сиди с ним: он и тебя примется также развивать и через два месяца бросит.

— Кто бросит? Кто? Спрашиваю у тебя в десятый раз!

— Как, кто? Он, наша знаменитость, наше красное солнышко... Булатов!

И Машенька опять залилась слезами.

— Ты его любишь? — спросила я.

— Нет!.. Да!.. Я не переживу!

И опять слезы.

Так продолжалось еще с четверть часа. Когда слезы

иссякли, Машенька начала порывисто рассказывать мне историю своего знакомства с Булатовым.

— В несколько дней, — говорила она беспомощным, полудетским тоном, — он совсем овладел мной. Мы жили на даче... Он сказал мне столько новых вещей. Я была подавлена его умом, красноречием и... чувством. Когда он хочет, слезы дрожат у него в голосе. Я принимала все это за чистую монету. Я не знала, что он только упражнялся в адвокатском искусстве. Два месяца он проводил целые дни у нас, и я была очень счастлива. Каждый день уверял меня в своей любви...

— Давал обещания?

— Нет... Он говорил: я вас теперь люблю, потому что так мне нравится...

— Он говорил это с первых дней?

— Да. Уж и тогда он начинал все шуточкой... А потом вдруг притворится страстным и начнет шептать всякие французские и немецкие стихи. Актер, актер, и больше ничего!

— И скоро остыл?

— Да. Мы переехали в город, он стал реже бывать... Тут начались у него разные процессы, все закричали об нем. Разумеется, я сделалась для него и скучна, и глупа, и неэффектна. Такому человеку надо тешить каждую минуту свое тщеславие...

— Он объяснился с тобой?

— Что ж ему значит объяснение? Я же оказалась виноватой. Он растолковал мне по пунктам, что я не могу давать ему... импульса... так он выразился. Любил, говорит, вас очень искренно, а теперь мне надо что-нибудь получше...

— Будто бы так этими словами и сказал?

— Разумеется, не этими. Все было складно и красиво: он иначе не умеет.

— А потом?

— А потом стал бывать раз в две недели, и как ни в чем не бывало.

— Каким же тоном говорит он с тобой?

— Ты видела, — дружеским. Вот это-то меня и мучит, и бесит, и убивает! У меня нет сил разорвать с ним всякие сношения. Отказать от дому я не имею права: и отец, и maman, и тетки, все от него в восторге. Когда он ко мне подходит, на меня находит столбняк, я улыбаюсь, как дура...

— Об чем же он с тобой толкует?

— Расспрашивает о том, о сем... привезет иногда книжку, ноты, но все это так, зря, бездушно... хвалится своими успехами, высчитывает, сколько должен получить за такой-то процесс, очень часто так бесцеремонен, что посвящает меня в тайны своих волокитств.

— Не может быть!

— О! Ты его не знаешь!

— Так он тебе рассказывает...

— Ну да, в кого он влюблен... восторженным тоном... визиты, разговоры...

— В кого же он теперь влюблен? — вырвалось у меня.

Машенька вскинула на меня глазами, хотела отвечать и остановилась.

— Это тайна? — спросила я.

— Э! Мне все равно. Я не намерена хранить его секретов, да ты и сама должна была догадаться: он бредит твоей сестрой.

— Бредит?

— Да. Он называет ее самой шикарной женщиной во всей Москве и говорит, что если она не будет... принадлежать ему, он...

— Что он? — вырвалось опять у меня.

— Он готов, не знаю, на что!

— Застрелится?

— Не застрелится, а уедет из Москвы.

Вышла пауза.

XVII

— Что же ты намерена делать? — спросила я у Машеньки.

— Что ж я!.. Мне остается реветь.

— Это малодушие, мой друг!

— Полно, Лиза... Ты прожила до сих пор без любви: тебе

это непонятно. Да я не о себе совсем хочу говорить. Мне нужно было высказаться, похныкать... Благодарю, что выслушала меня. Сегодня, глядя на вас обоих, я так вся и горела. Это не ревность, Лиза, нет!.. Буду я его ревновать или нет, он все равно ко мне не вернется. Я не хочу только, чтоб он рисовался перед тобой; я не стерплю этого. Ты, конечно, во сто раз умнее и образованнее меня; но ты добра и доверчива; он тебя обведет также, как и меня; я думаю, — даже скорее.

Я усмехнулась.

— Да, да, — повторила горячо Машенька, — скорее... Поверь мне, скорее. Для тебя он постарается; у вас больше тем для разговоров; он поставит себя на такой пьедестал... И слезы ты услышишь в голосе чаще меня.

— Ты сама же сказала сейчас, Маша, что он бредит моей сестрой.

— Это ничего не значит!.. Если даже... он будет иметь успех, это продлится месяца два. Об этом прокричат по всей Москве, тщеславие его успокоится и он обратит внимание на тебя.

— Маша!

— Да, да, он способен на это. Ты его не знаешь! Он уже начал сегодня прибирать тебя к рукам, я это видела.

— Полно, мой друг...

— Умоляю тебя: не думай, что я ревную.

— Но ты не желаешь, стало быть, чтобы я была с ним знакома?

— Поступай, как знаешь! Верь ему — не верь... Я должна была высказаться перед тобой! Это мое дело. Если мы не будем поддерживать друг друга, мы все погибнем!..

— Будто бы ты... погибла, Маша? — проговорила я испуганно.

— Погибла, погибла! Так, как в романах говорится, нет... но разве от этого легче?

Она выговорила фразу таким добродушно-трагическим голосом, что я чуть-чуть не расхохоталась, хотя мне было ее очень жаль.

— Но ты не хочешь, я вижу, мириться с своей долей?

— Как-нибудь отупею поскорей, забудусь... Буду работать по десяти часов.

— Что, музыку?

— Ну да...

— Так ты это, с горя, сидишь над фугами и партиментами?

— Разумеется, я бы не сидела над ними так, если б у меня не то было на душе. Но ты обо мне не думай, берегись сама.

И Машенька принялась горячо целовать меня. Я вернулась домой очень поздно, и на другой день утром maman сделала мне приличный случаю выговор.

XVIII

Целый день думала я о вечере, проведенном у Машеньки. Личность Булатова явилась предо мной в другом, очень непривлекательном свете. "Он, — говорила я, — выходит просто — московский ловелас, развиватель девиц, Сердечкин, прикрывающий звонкими фразами свои инстинкты".

Да, таким является он в рассказе Машеньки. Она очень горюет, и мне ее чрезвычайно жаль; но следует ли сразу решать, что Булатов — мелкий пошляк?

Нет, на это я не согласна! Даже из рассказа Машеньки видно, что Булатов обошелся с ней откровенно, по-своему. Разумеется, очень многие будут говорить: он не должен был завлекать молодую девушку... Что такое, однакожь, завлекать? Машенька уже далеко не ребенок: она мне ровесница; я не знаю даже, Булатов — первый ли человек, которым она увлеклась? Мне помнится, что года два тому назад она бредила каким-то студентом.

Можно, конечно, упрекнуть Булатова в том, что он занялся ухаживанием за девушкой гораздо ниже его по развитию, сознавая, что она скоро ему надоест. Но и такой упрек не серьезен. Мужчины, даже самые умные и опытные, увлекаясь нами, возлагают на нас несбыточные надежды, и когда первый пыл пройдет, видят, то им нравилась собственная фантазия.

Посмотревши похолоднее, и окажется, что Булатов ищет, как десятки мужчин, нуждающихся в привязанности.

Как мне ни жаль Машеньку, я не могу в него бросить камень за одно это.

Вот подробности, о которых она говорила — другое дело. Фатовство, сухость и равнодушие, как только покончилось ухаживание, вся эта болтовня о своих успехах, делах, деньгах, — это мелко, некрасиво, несимпатично! Я уже заметила, что в Булатове сидит очень много тщеславия, и все, что рассказывала Машенька, как нельзя больше похоже на выходки, которые я в нем подметила.

Это фатовство гораздо ниже его. Я видела, что он способен на сочувствие серьезным интересам. Машенька уверяет, что его серьезный тон и дрожание в голосе — одно актерство. Я не могу ей верить на слово; я должна в этом убедиться сама.

XIX

Признание Машеньки поразило меня еще в другом смысле. С какой наивностью сказала она, что с горя кинулась на музыку.

Вот ключ всех наших девичьих зол: не можем мы и не умеем заняться чем-нибудь для самой вещи! Мы кидаемся на дело, чтоб забыться, чтоб облегчить себя. Скука, причуды, тщеславие, сантиментальность, больные нервы, изредка страсть: вот что побуждает нас браться за что-нибудь, требующее труда. Не только теперешнее увлечение московских девиц контрапунктами и классической музыкой, да и другие затеи — того же происхождения. Глядишь: Машенька волокитству Булатова будет обязана тем, что порядочно выучится в своей консерватории. Но, вообще, оно вовсе не утешительно...

XX

Возвращаюсь опять к Булатову. В несколько дней очутилась я между ним и его двумя пассиями: старой и новой. Машенька — моя приятельница, Саша — сестра моя. Мое положение может сделаться, пожалуй, щекотливым. Если мы будем встречаться часто с Булатовым, трудно будет избежать разговоров и о Машеньке, и о сестре.

Сестра!.. Неужели он не видит, какого рода женщина — Саша? Он слишком умен для этого. Его любовь, если он только действительно любит, — слепая страсть. Страсть... Не знаю. Так что-то не ведут себя истинно страстные люди. Машенька объясняет его ухаживания опять-таки тщеславием.

Тщеславие... это слово слишком мягко. Он идет на дурное дело, на целый мир лжи. Не может быть, чтобы при его развитии он не сознавал этого.

А все-таки надо будет доложить о нем родительнице.

XXI

Maman предупредила меня, и весьма странно.

— Ты видела у Саши нашу знаменитость? — спрашивает она.

— Какую, maman?

— Булатова.

— Видела.

— Ну, как ты его находишь?

— Очень умен.

Она почему-то многозначительно посмотрела на меня.

— Мне надо, — продолжала она, — сделать визит его матери. Мы с ней давно знакомы. Он очень приятный мальчик. Только уж, кажется, много возмечтал о себе... самонадеян и дерзок.

— Дерзок?! Я не нахожу, maman.

— Да ведь с вами, с дурами, все с рук сходит.

Родительница моя выбором существительных не

стесняется. Я прежде морщилась, а теперь пропускаю мимо ушей.

— Он занимательнее остальной молодежи, — сказала я.

Maman опять многозначительно посмотрела на меня.

— Ты, пожалуйста, не вдавайся с ним в продолжительные разговоры. И без того много дури набито в голове.

— Не вижу причины, — ответила я, — бегать от него.

— Кто тебе говорит "бегать", но надобен рассудок, которого у нас с тобой нет.

Я промолчала. Родительница смягчилась.

— Я не прочь обласкать его; можно будет пригласить его на наши четверги. Только я не намерена делать ему авансов.

Тон у maman был двойственный, точно будто ей хотелось и ближайшего знакомства с Булатовым, и достодолжного внушения, как вести себя с ним.

— Саша, — продолжала она, — очень о нем распространяется. Ну, да это ее дело. Ведь эти молодые краснобаи не любят солидных домов, где нельзя врать и разваливаться на диванах.

— Он очень приличен, maman.

— Говорит уж Бог знает что, я намедни слышала! Смел бы он так зарапортоваться лет десять тому назад! И все-то о себе, все о себе... Тошно сделалось слушать.

Даже maman заметила.

— Остёр, это правда, и читал видно... ну, хорошей фамилии. Состояние, должно быть, расстроено да и невелико: он из бедных Булатовых. Вот он на деньги-то теперь и кидается.

— Кто ж это знает, maman?

— Ах, пожалуйста, без глупых выражений! Коли я говорю, значит не на ветер. Как будто это не видно?

Пожалуй, maman и права. Он слишком много распространяется о деньгах.

— Я его особенно не звала: много чести! Не люблю я очень-то баловать тех, кто сразу о себе возмечтает. Сказала, что приятно возобновить знакомство с матерью. Саша, надеюсь, напомнит ему.

Словом, родительнице желательно иметь Булатова в своем

салоне и показывать его по четвергам. Вряд ли смотрит она на него, как на жениха. Не такого зятя хочется ей. Она способна похвалить его за ум и блестящий жаргон, но в домашнем обиходе она не терпит никаких талантов и еще менее — умственной самостоятельности.

— Только покорнейше прошу, — добавила она, — по четвергам не удаляться в углы и не шептаться. Тебе говори, не говори — эффект один и тот же. Никто из вас не умеет поддержать общего разговора. Срам! Думаете удивить Европу ученостью, а девчонки — девчонками.

Я предпочитала молчать.

— Красноречие свое ваш адвокат пускай для всех имеет, а он все любит, кажется, в интимные разговоры пускаться.

— Ты где же это заметила, maman? — спросила я.

— Нечего меня экзаменовать!.. Я знаю, что говорю.

Тем разговор и кончился.

XXII

Они точно согласились между собою: maman и Саша. Сестра говорит мне:

— Булатова надо ввести к вам на четверги. Ты пожалуйста похлопочи об этом.

Спрашивается: не все ли ей равно, будет он у нас бывать или нет? Наверно уже говорят про то, что Булатов ухаживает за ней. Саша настолько привыкла к своей роли, что она, конечно, не будет делать из меня ширм. Мне кажется, что он начинает ей нравиться несколько посильнее, чем обыкновенные ухаживатели. Я ее ни об чем не спрашиваю и держусь вообще очень лаконического тона.

Вчера сестра бросила мне вскользь:

— Ты видела Булатова у Анучиных?

"Он, стало быть, разболтал", — подумала я, и мне захотелось узнать, что именно говорил он про этот вечер.

— Он восхищен твоим умом, — кинула с той же небрежностью Саша.

— Будто бы? — отвечала я ей под тон.

— Только о тебе и распространялся целых два часа.

— Какая честь!

— Ты, кажется, не совсем его долюбливаешь. Тебе нужно каких-то английских пуритан, — что-то такое, чего, душа моя, в Москве ни за какие деньги не получишь, поверь мне.

Я глядела на Сашу и думала:

"Какой он пролаза! Он успел уже закинуть нечто такое обо мне, что поставит его в очень выгодном свете: он будет расхваливать меня и намекать на мое недоверие и несправедливость. Саша, как все женщины ее типа, поставит ему это в необыкновенную заслугу".

— Я нашла его лучше и проще, — сказала я, помолчав.

И это не понравилось Саше.

— Стало быть, он у меня портится?

— Он меньше говорил о себе.

Сестра вдруг задумалась. Она, видимо, начинает волноваться.

— Послушай, Лиза, — начала она нервным тоном, — ты как-то странно держишься со мной.

— Почему же странно?

— Твоя réserve отзывается чем-то натянутым. Ты прожила до сих пор какой-то суровой англичанкой; но ты все-таки не наивность, не институтка. А мне часто неловко с тобой. Я очень хорошо знаю, душа моя, что мы с тобой вовсе не одного поля ягоды. Я ничему порядочно не училась и копчу себе небо, занимаю себя, чем могу. Разница между нами огромная, и я вовсе не хочу, чтобы ты шла по той же дороге... Да если б я и старалась об этом, вряд ли бы имела на тебя влияние: у тебя слишком много характера.

Я улыбнулась.

— Да, — повторила Саша, — у тебя есть-таки свой душок. Только ты, пожалуйста, будь со мной попроще. Ты, конечно, не можешь говорить мне о разных твоих идеях, премудростях, но я с тобой хотела бы быть гораздо ближе. Мне уж куда надоело мыкаться так по балам и принимать всякий народ! Вот бы мы составили маленький кружок, Булатов будет у меня часто...

Саша не договорила, но значительно взглянула на меня. Она хочет сделать меня наперсницей своих сердечных тайн.

Эта роль мне совсем не по вкусу.

— Ты, может быть, очень дурно на меня смотришь? — начала опять сестра и опустила глаза.

— Я не судья твоей жизни, — ответила я.

— Это нехорошо, Лиза: ты не хочешь быть откровенной. Я, право, не хуже никого из наших барынь. По крайней мере, я никогда не рисовалась и не оправдывала себя. Ты сама знаешь, какую жизнь ведем мы: скука, безделье, детей у меня нет...

— Все — circonstances atténuantes...

— Уж ты полно злословить, Лиза. Я говорю тебе попросту. Если я не лучше, так уж никак не хуже всех наших барынь. Про меня Бог знает что рассказывают! Гораздо больше, чем о других, потому что я никогда ничего не скрывала.

— Это твое дело, Саша.

— Не бойся, я тебе ничего рассказывать не стану такого... Какие я глупости делала, это действительно никого, кроме меня, не касается. Только теперь, Лиза, я совершенно в другом настроении.

Сестра томно улыбнулась и даже закрыла глаза. Мне это показалось несколько смешновато, но я ограничилась вопросом:

— В каком же ты настроении?

— С ним я начинаю оживать... — почти шепотом проговорила она.

— С кем? — спросила я умышленно.

— С Булатовым... Он молод, очень молод; у него много самолюбия, если хочешь, даже тщеславия; есть слабости... но это вовсе не то, что прежде...

— Ты хочешь сказать, что прежние твои адоратеры.

— Ну, да... В нем я вижу какую-то особенную живость, ум, блеск! Он идет прямо, верит в свою будущность; на него смотреть приятно, слушать его ново... и слова-то у него какие-то необыкновенные.

Говоря все это, Саша так одушевилась, что я ее совсем не узнала. Во мне самой происходило как будто раздвоение: мне и приятно было, что она так смотрит на Булатова, и жутко. Точно она у меня отняла мои собственные фразы.

— Ты, разумеется, найдешь в нем тысячу недостатков. Он вовсе не из пуритан... Он хочет жить, веселиться, блистать и в то же время делать свою карьеру, быть на виду. Такой человек не зароет своих талантов. В нем есть еще желание порисоваться, от молодости и от того, что он не жил много в свете; но это пройдет. Ты не подумай, Лиза, что такой юноша, как Булатов, может меня увлечь, что я сделаюсь совсем другой женщиной. Нет, переродиться нельзя. Только я иначе буду жить, меньше скучать; есть кому сочувствовать.

Тон Саши поражал меня. Она говорила с простотой, которая в ней звучала чем-то совершенно новым и очень симпатичным.

— Так ты не будешь отворачиваться от меня, — сказала Саша, беря меня за руку, — позволишь мне болтать с тобою? Ведь что же делать: ты сама такая холодная, и нет у тебя никаких секретов, даже самых невинных.

Я ничего не отвечала и поцеловала Сашу. Мне не хотелось расстраивать ее.

— Ведь это твоя приятельница — Машенька Анучина? — спросила вдруг она. — Я ее что-то забыла... хороша она?

— Простое, доброе лицо.

— Как с ней держится Булатов?

— Как близкий знакомый.

Я ничего не сказала сестре о моем разговоре с Машенькой.

XXIII

Не успела я обсудить мой разговор с Сашей, — и вдруг нападаю на ее дражайшего супруга.

Эта личность давно чувствует, что я весьма ее не жалую. Когда мне приходится быть вместе с Платоном Николаевичем, я ограничиваюсь самыми лаконическими фразами.

— За кем этот умник приударяет? — спрашивает он меня, остановивши в зале.

— Какой умник?

— Да вот, знаменитость наша.

Я догадываюсь, что дело идет о Булатове.

— Почему же я знаю...

— Александре Павловне угодно, кажется, финтить. Они изволят впадать в задумчивость...

— Да зачем вы все это мне говорите? — оборвала я его,

Красная, пухлая его физиономия как-то пыхтела и отдувалась. Мне всегда противно смотреть на нее, а в этот раз она еще больше раздражала меня.

— Бы что же сердитесь, — прошепелявил супруг, — вы уж так много о себе возмечтали, что к вам и подступиться нельзя: недотрога-царевна!

— Платон Николаич, — сказала я ему, — вы знаете, что у нас с вами очень мало общих интересов.

— Знаю-с... Нам куда же-с; но уж позвольте, на этот раз, задержать вас на минутку. Я с Александрой Павловной никогда не вхожу в интимные объяснения...

— И прекрасно делаете!

— Да-с, таково мое правило. Пускай она делает, что ей угодно. Кажется, уж грех пожаловаться, что ей со мной плохое житье.

— В этом отношении вы — образцовый супруг.

— И я так готов действовать, пока меня не шельмуют в моем же собственном доме.

— Кто ж это вас обидел?

— Помилуйте, как-то тут, на днях, я зашел к Александре Павловне и нахожу этого нахала...

— Кого же это?

— Да вот, все вашего же Булатова! Развалился, ноги задрал выше головы, мне не кланяется и начинает вдруг нести черт знает какую чушь: английский клуб, говорит, это — собрание болванов, безмозглых аристократишек; надо, говорит, вымести помелом из нашего общества всех этих презренных землевладельцев, занимающихся рысистыми бегами! Нет, вы вообразите себе мое положение: в кабинете моей жены мне отливают такие пули! Я взглянул на Александру Павловну; она, как ни в чем не бывало, изволит смотреть на него томными глазами и улыбаться. Это меня окончательно взорвало!

Когда пухлое лицо Платона Николаевича хочет гневаться, оно делается донельзя смешным. Губы он выпятит и фыркает во все стороны.

— Оскорбил вас? — спросила я.

— Я, разумеется, его отбрил, до новых веников не забудет! Я показал также и Александре Павловне, хорошо ли она себя ведет, позволяя первому попавшемуся мальчишке третировать ее мужа Бог знает как, прекрасно зная, что он — член английского клуба и что его лошади берут призы на всех бегах?!

— Саша не могла же знать, на что ее гость будет нападать.

— Это не резон-с. Но не в том дело. Мне все равно, кого бы ни принимала Александра Павловна, но таких нахалов, как ваш Булатов, душа моя не выносит!

— Ну, вы бы ему и отказали от дому.

— Я скандалов не терплю и он не у меня бывает.

— Чего ж вы хотите?

— Я желал бы только одного, чтоб Александра Павловна не забыла совершенно о моем существовании.

— Позаботьтесь об этом сами.

— Да-с! Если до меня дойдет слух, что этот фатишка позволяет себе роль... вы меня понимаете...

— Нет, не понимаю.

— Ну, роль habitué ее салона, я заявляю о себе в первый раз; я обрублю уши этому модному стряпчему, и Александра Павловна увидит, что я вовсе не так кроток, как она, может быть, воображает себе!

Платон Николаевич так и пылал, так и бурлил, точно самовар.

— Я все-таки не понимаю, — сказала я ему самым холодным тоном, — зачем вы мне это говорите? Скажите это вашей жене.

— Ни в какие объяснения я с Александрой Павловной не вхожу и не буду входить; но в одно прекрасное после-обеда она может убедиться, есть ли у меня характер или нет.

— Стало быть, вы обращаетесь ко мне, так, без всякой цели?

— Вы ученая девица и вас выслушает Александра Павловна...

— Но я не хочу вовсе быть посредницей между вами и женой вашей. Да я хорошенько и не понимаю, чего вы добиваетесь, — того ли, чтоб сестра перестала принимать Булатова, или чтоб она была менее любезна с ним?

— Это уж ее дело-с! Только я пред всяким мальчишкой пасовать не намерен.

— И это все, что вам угодно было сказать мне?

— На первый раз, все.

— Так я уж попрошу вас, Платон Николаевич, чтоб это было в первый и последний раз. Я вовсе не в таких отношениях с сестрой, чтобы подавать ей советы. Да и вам бы лучше высказать ей, чего вы не желаете, чем подготовлять какой-то coup dé théâtre.

— Вам, стало быть, все равно, что будут говорить про вашу сестру?

— Я думаю, это прежде всего должно вас интересовать.

— Да ведь есть же у вас к ней какое-нибудь родственное чувство?

Я хотела сказать что-нибудь очень сильное этому супругу, но удержалась. Удержалась для Саши.

— Коли так-с, вперед буду умнее, не стану беспокоить вас... Но Александра Павловна не худо сделает, если избавит меня от необходимости заявить свои права.

Я немного испугалась за Сашу. Такие дураки, как Платон Николаевич, — самый опасный народ. Они годами равнодушны, и вдруг, когда их что-нибудь уколет, они способны на дикие выходки.

Я смягчила свой тон и сказала, уходя, Платону Николаевичу:

— Булатов резок, но он, конечно, не хотел оскорблять вас. Сколько я заметила, сестра обращается с ним как с юношей.

— И только? — спросил супруг.

Я ничего ему не отвечала, но взглянула на него как следует.

XXIV

Как мне теперь быть? Начать остерегать Сашу — она подумает, что я расстраиваю ее отношения к Булатову. А так этого нельзя оставить. Милейший Платон Николаевич ужасно злобствует, и сестра может рисковать чем-нибудь очень неприятным.

Смотреть совершенно спокойно на знакомство Булатова с сестрой я вряд ли могу. Если даже его чувство к ней и серьезно, я все-таки не стану играть роль их общего друга.

Почему? Потому, что я желала бы для него совсем другой привязанности. Если же это и с той, и с другой стороны — каприз, интрижка, мне еще неприятнее быть поставленной между ними. Какого бы рода ни было их чувство, оно будет развиваться самым противным для меня образом.

Надо все-таки предупредить Сашу.

XXV

Нахожу родительницу с сияющим лицом. С нею это случается редко. Поцеловала меня в лоб. Держит в руках письмо.

— Большая радость, Лиза, — говорит мне.

— Какая, maman?

— Вот Пьер пишет, что сбирается к нам на зиму.

— Неужели?

— Да; берет отпуск на четыре месяца, Боюсь, чтоб не соскучился. Ты как думаешь?

— Он не любит Москвы.

— Знаю, что не любит. Верно, холостая-то жизнь начинает быть в тягость.

— А ты хотела бы его женить?

— Если б он только желал, кажется бы мог составить партию... с его карьерой.

— Он торопиться не будет, maman.

— Влюбится!

— Кто? Пьер? Полно, maman. Чем же он влюбится?

— Как чем?

— Да он совсем высох.

— Ну, уж, пожалуйста, без глупостей! Вы брата не любите, да и никого, кажется, не любите. О себе бы лучше подумали.

— Я, может быть, ошибаюсь, maman, но брат — неисправимый холостяк, а если и женится, так лет под сорок, когда ему нужно будет иметь жену для приема.

Я плохо поправилась. Родительница вскипела и сильно разгневалась.

— Ну, а вы об себе-то что же скажете? Ведь вам уже двадцать первый годок пошел. Ведь и про вас можно сказать, что вы совсем высохли? А! Что вы скажете?

— Может быть, maman; я не судья своей натуры.

— Натура! Вот разные дикие слова нанизывать — мы это умеем!

Буря разыгралась. Я насилу-насилу смягчила неловко вызванный гнев. Maman прочитала мне нотацию об уважении к авторитету брата, и я выслушала ее в абсолютном молчании.

XXVI

Я рада за maman. Она любит Пьера совершенно лирически. Он имеет над нею почти безусловный авторитет. Разумеется, и с ним она всегда спорит; но это только для виду. Все, что он скажет, исполняется с пунктуальною точностью. Только Боже избави намекнуть ей об этом! Пьер — ее гордость, ее идеал. В спорах с ним она старается держаться родительски-насмешливого тона и третировать его иногда как мальчика. Но это делается только для прикрытия своей слабости к сыну. Я, конечно, не обвиняю ее в этой привязанности, хотя, право, не знаю, какое удовольствие доставляет ей сын, кроме своей блестящей карьеры. Он никогда ей ни в чем не спускает, держится с ней холодного сухого тона, пишет резонерские письма, совершенно не способен ни на какую ласку, ни на какой задушевный разговор. И это все — в ответ на самую широкую свободу, какую maman предоставляла ему с детства. Можно сказать, — maman держалась с ним противоположной тактики. Меня она муштровала, Пьера предоставляла его натуре. Я все-таки же думаю, что если Пьер кого-нибудь любит, то это — мать свою. Он также, как и она, надел на себя маску и считает более сообразным с своим достоинством держаться холодной, пренебрежительной внешности.

С братом у меня нет никаких отношений. Когда-то, девочкой лет пятнадцати, я ужасно преклонялась перед ним, почти обожала его, как говорят институтки. Он старше меня лет на восемь, и ребенком я не была с ним вместе. Пьера повезли учиться в Петербург, когда мне было всего пять лет. Приехал он на вакацию, держался сухо и чопорно, наводил на меня страх своими петлицами и светлыми пуговицами, часто смеялся надо мной и никогда не ласкал. Потом, когда я подросла, он приехал уже из заграницы, и мои порывания к братской дружбе остались без всяких результатов. Ему не нравились ни моя фигура, ни мои манеры, ни мои занятия. Если я к нему обращалась за советом, за мнением, он говорил со мной небрежно, как с девчонкой, воображающей о себе Бог знает что. Было время, когда меня это сильно огорчало. Я проливала даже горькие слезы. Мне долго не хотелось отказаться от надежды, что я найду в брате то, что я тогда называла "поддержкой". Пьер — человек очень неглупый, начитанный, много видевший. Такой брат мог бы быть моим прямым наставником. Судьбе не угодно было; я успокоилась и поставила на Пьере крест. Теперь он для меня совершенный нуль, в смысле умственного влияния. На вопрос, люблю ли я его, как брата, — трудно ответить. Кровное чувство сказалось бы, вероятно, при каком-нибудь ударе. Я бы позаботилась, пожалуй, о своей привязанности к нему, если б знала, что она ему хоть немножко приятна. Но, как говорят неприличные французы, "il s'en fiche comme de l'an quarante".

XXVII

С разных сторон слышу толки о Булатове. Он очень интересует Москву. Только все, говоря о его таланте, находят его заносчивым, дерзким, бьющим всегда на эффект, жадным на деньги.

Не дальше, как вчера, одна очень скромная дама рассказывала мне, как он обращается со своими клиентами. Какую-нибудь купеческую бороду третирует он с высоты своего величия:

"Ты понимаешь ли, кто тебя будет защищать?"

И лисьи шубы так к нему и лезут! Вот в каком виде представила мне скромная дама его манеру с ненарядными просителями. Неужели это правда? Мне не хочется верить. А расспрашивать его самого, я, конечно, не буду.

Девицы не любят его и предаются самому злобному сплетничеству. Они были бы к нему гораздо милостивее; но он пренебрегает московским high-life, ездит мало на балы и смеется над их кавалерами. Они выговаривают с особенной интонацией "Boulatoff — l'avocat". Этим выражается барское неодобрение. "Получать деньги — фи! как это можно! Un homme qu'on paie". Вот как рассуждают у нас, когда говорят откровенно.

Брать деньги за труд — дело самое ест естественное и простое; но защищать за деньги правого и виноватого — это другой вопрос. Он может, конечно, отказываться от процессов, которые ему не нравятся. Но делает ли он это? Чтобы знать, надо опять допрашивать его; а я бы этого не желала. Он, правда, не богат. Это однакожь не оправдание... Ведь если предаваться адвокатству, только как выгодному ремеслу, то где же тут нравственное достоинство?

Все эти вопросы начинают смущать меня; а я всего два-три раза видела Булатова.

XXVIII

Я не ожидала встретить Булатова на вечере, где был большой пляс. Он очень эффектен в белом галстухе. Танцует он много. Мазурку — с большой энергией. Те девицы, который так злословят его, добиваются удовольствия протанцевать с ним один тур.

— Вы знаете, — сказала я ему, — что вы сильно не понравились мужу моей сестры?

— Это меня не удивляет.

— Вы, стало быть, нарочно его раздражали?

— Нет, но не могу же я подделываться под его идеи. Лет через десять я сделаюсь, быть может, таким же московским спортсменом...

— Вы готовитесь к этому?

— Жизнь затянет.

Мне хотелось намекнуть ему на сестру, но я колебалась. Он сам помог мне.

— Ваша сестра очень умно держит себя с мужем, — проговорил он, меняя тон.

— Вы находите?

— Да, очень умно. Она как-то совершенно его игнорирует.

— Вы его считаете кротким, как агнец?

— О, да!

— Послушайте, m-r Булатов, такие личности, как муж моей сестры, способны на очень неприятные выходки.

И, говоря это, я пристально взглянула на него. Он понял меня и, придвинув стул (мы танцевали мазурку), заговорил скорее и искреннее:

— Ваш beau-frère может ревновать меня, как ему угодно. Я его не боюсь. Я езжу не к нему. Ваша сестра пользуется полной свободой, и муж ее, если не хочет быть донельзя смешон, всего лучше сделает, если стушуется.

— Вы говорите это таким тоном, точно будто имеете право на мою сестру.

— Мое право стоит прав ее мужа.

— Какое же это право?

— Я люблю ее.

Фраза была произнесена так свободно, с такой непринужденностью, что я невольно сделала движение...

— И только? — спросила я.

— Разве этого мало?

— И вы мне объявляете об этом, забывая...

Я не могла докончить: он так насмешливо взглянул на меня.

— Виноват, — проговорил он чопорно, — я действительно забыл, что вы не можете выслушивать подобных признаний.

И он заговорил о каком-то вздоре. Это меня очень задело, более чем я ожидала. После ужина он спросил меня:

— Почему вашей сестры нет здесь?

— Она не совсем здорова.

— Вы ее увидите завтра?

— Да, я буду у ней.

— Прошу вас передать ей, что завтра маскарад в купеческом собрании.

— Я не передам этого, — ответила я. — Вы можете сами это сделать.

Он кисло усмехнулся и выговорил одно слово:

— Браво!

Не дожидаясь моего ответа, он церемонно раскланялся, повернулся на каблуках и исчез.

XXIX

Дорогой, в карете, maman распространялась о Булатове. Он сам подошел к ней на вечере и был, как видно, любезен.

— Прекрасный мальчик! — повторяла она. — Умен, умен... И в кого он такой удался? В фамилии что-то нет очень-то бойких?

— Он очень мил на бале! — сказала я.

— Да, танцор. Так и летает... Бойчее всех наших. И собой ничего. Не красавец, но есть представительность.

— Я тоже нахожу...

Все это говорила я для очистки совести. В эту минуту мне вовсе не хотелось высказывать банальные мнения о Булатове. Но maman, как нарочно, продолжала на ту же тему:

— Я его просила не забывать наших четвергов. Вот приедет Пьер...

— Вряд ли они сойдутся, — заметила я.

— Отчего же нет?

— У них совсем разные натуры, maman.

— Опять она с своей натурой! Все вздор говоришь! Оба они с таким умом...

— Пьер несообщителен...

— С тобой. Так ты ему совсем не пара. Хотя мы и воображаем о себе Бог знает что!

Я ничего уже не возражала и только одного желала — чтобы карета подкатилась к подъезду.

XXX

Чего со мной никогда не бывало, — я продумала всю ночь о выходке Булатова. Иначе я не могу назвать его бестактную просьбу. Неужели я кажусь по тону такой эмансипированной, что мне придется еще не раз останавливать бесцеремонность молодых людей?

Встала я с головною болью, решившись ничего не говорить Саше о Булатове. Я положила сделать так не потому, чтобы желала вмешиваться к их отношения. Но если я уже отказала Булатову к исполнении его просьбы, то нелепо было бы противоречить самой себе.

Сашу нашла я на ногах, нахмуренной.

— Ты видела Булатова? — спросила она.

Все ее разговоры начинаются так. В этом вопросе звучало что-то вроде неудовольствия.

— Почему ты не хотела передать то, о чем просил тебя Булатов?

Этого уже я никак не ожидала! Он успел, стало быть, пожаловаться на меня.

— Что передать? — выговорила я несколько раздраженным тоном.

— Ты знаешь.

— О маскараде?

— Ну да!

— Я нахожу, что это было очень бестактно...

— Какие нежности, Лиза! Тебе не пятнадцать лет!..

— Но он мог сообщить тебе это и не через меня.

— Зачем же такая суровость? Он хочет быть с тобой откровенным, а ты начинаешь вести себя, точно какая-нибудь надзирательница.

— Зачем же мне делаться вашей confidente... вы и так часто видитесь.

— Каким странным тоном ты мне это говоришь, Лиза!

Вышла весьма томительная пауза.

— Ты поедешь в маскарад? — спросила я.

— Поеду. А тебе это разве неприятно?

В этих словах сестры слышалось явное раздражение.

— Какое же право имею я контролировать твое поведение?

Признаюсь, и в моих словах было что-то ненормальное. Саша начала ходить по комнате и, остановившись против меня, вдруг вскричала:

— Ты желаешь, может быть, учить меня добродетели? Я считала тебя умнее.

Видя, что сестра начинает горячиться, я сделала над собою усилие и сказала ей простым, дружественным тоном:

— Ты знаешь меня, Саша, я сама слишком отстаиваю свою свободу, чтоб не уважать ее в других. Прошу тебя, не волнуйся по-пустому. Я позволю себе одно только замечание: если можешь, не навлекай на себя чересчур больших неприятностей.

— Что ты хочешь этим сказать?

Я передала ей мой разговор с Платоном Николаичем. Сделала я это, видя, что Саша в гораздо более тревожном состоянии, чем я прежде думала.

Она расхохоталась.

— Это мило! Платон Николаич начинает наконец заявлять

о своем существовании! Полно, душа моя. Разве можно обращать внимание на моего мужа?

— Но ведь ты сама же говоришь, что этого с ним никогда прежде не бывало.

— Ну так что ж?

— А то, что он не может выносить Булатова. Тут не ревность, а барское самолюбие.

— Я не намерена разделять антипатий Платона Николаича. Вот такого вздора ты могла и не передавать мне.

Помолчавши, она проговорила в сторону:

— Ты что-то очень заботишься обо мне. Уж не приплетешь ли родительницу?

— Саша! — вырвалось у меня.

— Ну, полно! Я пошутила.

И она поцеловала меня, потрепавши по плечу.

XXXI

Я должна держаться известной политики со всеми членами моей семьи, — и с maman, и с сестрой, и с ее мужем. И все это из-за Булатова. Я никак не ожидала, чтобы сразу его личность так замешалась в мои отношения к близким людям.

Волноваться, конечно, не из чего. Пускай он сам действует, как ему угодно. Нелепо было бы также пересоздавать сестру Сашу. Я не думаю, чтобы ее супруг был способен на что-нибудь решительное. Все пойдет так, как шло до сих пор. Ухаживания молодых людей за Александрой Павловной ему совсем не в диковинку.

Все это так; но... я не могу относиться совершенно равнодушно к ухаживанию Булатова. Этот человек так умен и талантлив, ему предстоит, вероятно, играть в обществе такую роль, что и его интимная жизнь должна вызывать интерес в каждом свежем человеке.

Стоит только немножко сбросить с себя светскую пустоту, забыть, что судьба сделала вас барышней, и тогда ухаживание того же Булатова представится вам совершенно в другом свете и вы начнете рассуждать и действовать, как человек, а не как фарфоровая кукла.

Положим даже, что Булатов страстно привяжется к моей сестре. Тем хуже! Что такое сестра Саша? Она не виновата, конечно, в том, что из нее сделали воспитание и среда; но в ней нет ничего серьезного; она не может отдаться Булатову так, чтобы бросить мужа. На что она способна, это — протянуть связь свою с ним годом-двумя больше, чем с каким-нибудь гусарским корнетом, и только. В ней не найдет он ни понимания лучших своих стремлений, ни образованности, ни вкуса, ни теплоты, ни искренности. Саша — не злая женщина, но она любит только самое себя. Булатов, сделавшись ее... habitué, как выражается Платон Николаевич, будет с каждым днем мельчать и мельчать. Иначе нельзя. Каждый день должен он будет проделывать все сцены пошленькой комедии фатовства и обмана. Его тщеславие будет убаюкано связью с такой красивой, эффектной, модной барыней. И в какие-нибудь два года все, что в ней есть порядочного, заменится самодовольством и полным огрубением нравственного чувства.

Да, это так. Стало быть?.. Стало быть надо действовать. Но как?

XXXII

Наши четверги очень скучны. Я должна занимать девиц, а их слишком много. Мне бы хотелось совсем от них избавиться; но это пока невозможно. Говоришь с одной какой-нибудь, побойчее, а остальные зевают.

Вчера был четверг. Я сидела с девицами в маленькой гостиной. Maman разливала чай. Входит Булатов и садится прямо к самовару. В нашу сторону он совсем и не взглянул.

Через несколько минут раздался смех maman. Булатов что-то такое ей рассказывал.

Мне не хотелось идти туда. Если б он желал, мог бы спросить обо мне у maman. Приехала сестра Саша и села также к самовару. С Булатовым они перекинулись несколькими словами, и через четверть часа сестра сидела уже за картами.

Мне надо было выйти в большую гостиную, встретить мою гостью. Булатов раскланялся со мной церемонно и сразу не заговорил. Случилось однакожь так, что мои девицы о чем-то заболтали. Булатов подсел к нашему столу, а потом я как-то незаметно очутилась с ним у окна.

— Вы были в маскараде? — спросила я.

Он не сразу мне ответил.

— А вас это интересует?

В тоне его слышалась насмешка.

— Я не хотела передавать сестре то, о чем вы меня просили, но она уже знала от вас...

— Ну-с?

Такой вопросительный звук мне не очень-то понравился.

— Вы ей рассказали все...

— Рассказал.

— Зачем же вы меня просили?

— Считал вас более...

— Эмансипированной, — подсказала я.

— Это — глупое слово, я не хочу его употреблять.

— Полноте, m-r Булатов, — заговорила я другим голосом, — зачем нам так пикироваться! Тут было маленькое недоразумение...

— Полно, так ли?

— Уверяю вас!

Мое восклицание изменило его мину.

— Как же это так, разъясните, — сказал он полушутливым, но добродушным тоном

— Вы, пожалуйста, не думайте, — начала я, — что я хотела высказать оскорбленное достоинство. Вы могли обратиться ко мне с такою просьбою, если б мы были больше знакомы...

— Но это простой формализм!

— Нет, не формализм. Светской девушке, в нашем обществе, таких вещей не говорят.

— Почему же? Разве тут было что-нибудь дурное? Тем хуже для девушки, если она предполагает...

— То, что ей знать не следует, хотели вы сказать?

— Я хотел сказать кое-что другое; но если б даже и это?

— Мне ничего подобного вы говорить не можете. Вспомните, что вы сказали о своей любви к сестре Саше? Вы со мной не стеснялись, и все-таки не остановились на той мысли, что порядочной девушке не следует сообщать таких смелых вещей. Но я за это на вас не в претензии, потому что я сама, хоть и косвенно, вызвала вас на разговор.

— Из всего этого какая же мораль?

— Очень простая: не считайте меня ни хуже, ни лучше того, чего я действительно стою; забудьте наше malentendu и не стесняйтесь со мною. Ведь так или иначе вам придется часто меня встречать. Лучше же сойтись по-приятельски, без всяких щекотливых вопросов, обращаться друг к другу, забывая, что я барышня, а вы жених; забывая, наконец, что женщина, которая вам теперь нравится — сестра моя.

Речь моя, кажется, пришлась ему по вкусу. Он даже опустил почему-то глаза и, поднявши их, ласково взглянул на меня.

— Вот это дело, — сказал он. — Это я люблю. В этом есть что-то не московское...

— Американское, — засмеявшись, добавила я.

— Да, простое и смелое.

"Не совсем простое", — подумала я про себя.

— Благодарю вас, — продолжал он. — Вы меня ввели немножко в смущение; но теперь я вижу, что я не ошибся в моем первом впечатлении. Я сейчас же увидал, что вы принадлежите к вашему миру только по необходимости.

— По необходимости?.. Не знаю.

— Разумеется.

— Я этого не могу сказать. Очень может быть, что в другом мире я оказалась бы ни на что не годной. Я никуда особенно не рвусь, но хотела бы только жить не на помочах и знать, куда я иду.

— Этого мало.

— Пока, слишком достаточно. Вот хоть бы наше знакомство... Вы думаете, легко будет нам остаться добрыми друзьями во всех обстоятельствах, какие могут случиться, так, чтобы ни светское тщеславие, ни личное самолюбие, ни эгоизм, ни предрассудки не мешали нам видеть друг к друге человека, обращаться всегда к лучшим идеям и симпатиям, бескорыстно поддерживать один другого, хотя бы в будничной житейской борьбе?

Лицо Булатова сделалось еще ласковее. Я точно производила над ним эксперименты.

— Трудно, очень трудно это выполнить, — продолжала я. — Поверьте мне: будет много запинок и в такой маленькой программе.

— Я все-таки не думаю, — возразил он, — чтобы вы ею удовлетворились, но на первый раз, пожалуй, и этого довольно. Вы со мной очень хорошо поступили. Благодарю вас.

Он протянул мне руку, я ее пожала, и в этот момент око родительское обратилось в нашу сторону.

Подошло несколько девиц, и разговор сделался общим.

XXXIII

К концу вечера Булатов еще раз заговорил со мной.

— Стало быть, — сказал он, — мы с вами будем по-душе?

— Да, по-душе.

— Не собираетесь ли вы читать мне нотации?

— И не думаю. Во-первых, вы теперь в периоде бессознательных действий...

— Как так?

— Как же: вы ведь влюблены.

Он рассмеялся и, взглянувши на меня своими умными и игривыми глазами, проговорил медленно, как бы напирая на каждое слово:

— А ведь у вас очень доброе сердце... Вы поняли, что мне нужен именно женский ум и женское понимание... в настоящую минуту. Я болтлив, и мне необходимо изливаться.

— На каком же вы теперь градусе? — спросила я.

— Кажется, скоро дойду до температуры кипения воды.

— Будто бы?

— Я даже сам не ожидал, что это пойдет так быстро.

Он говорил шутливо, и такой тон почему-то нравится мне больше, чем если б он был страстный.

— Я бы хотел провести с вами вечер не в такой обстановке.

— Например, у Машеньки Анучиной? — спросила я без задней мысли.

— Это намек? — остановил он меня.

— Отчасти, может быть.

— Вы знаете про то, что между нами было?

— Знаю.

— И обвиняете меня?

— Нет, потому что я слышала только одну сторону.

— Попросту, по-житейски или, лучше сказать, по-барски меня, конечно, осудят. А все дело сводится к тому, что мы от скуки занимались разговорами, которые на нее подействовали немножко сильнее, чем на меня. Мне тогда еще нравилось развивать девиц...

— А теперь? — прервала я.

— Теперь мне некогда этим заниматься.

— Только оттого, что некогда?

— Нет, главное оттого, что я познал тщету сего занятия.

— Вы мне объясните это когда-нибудь поподробнее?

— Когда угодно, хотя у той же Машеньки Анучиной.

— Нет уж мы оставим ее в покое! Право, если она и виновата, согласитесь, что всего лучше помочь ей забыть старое.

— Вот вы опять добрее меня, — проговорил с тем же ударением Булатов.

Maman подошла к нам, и ее взгляды выразили мне, что благовоспитанной девице не следует иметь особенных разговоров с молодыми людьми.

— Так где же мы увидимся? — успел спросить Булатов, прощаясь.

— На будущей неделе где-то танцы; приезжайте.

Он еще раз пожал мне руку, и око родительское опять обратилось к нам. Око смотрело не совсем благосклонно.

XXXIV

Я знаю, что я делаю. Хотя мне и не перед кем оправдываться, но я все-таки поставлю себя на место моралистов и спрошу:

"Хорошо ли вы поступаете, входя в такие отношения с молодым мужчиной? Он начал ухаживать за вашей сестрой, как за женщиной, которую считают более чем кокеткой. Его чувственные цели для вас ясны, и вместо того, чтобы удалиться из этой испорченной сферы, вы делаетесь или хотите сделаться приятельницей будущего друга вашей сестры. Ваше девическое чувство не возмущается такой ролью, которую не возьмет на себя даже посторонняя замужняя женщина с правилами?"

Вот что могут сказать светские и буржуазные моралисты.

С их точки зрения, я кругом виновата. Почти так же будут рассуждать и моралисты, не считающие себя ни светскими людьми, ни буржуа.

И с их точки зрения, я окажусь кругом виноватой. Но это меня не смущает. Одно, что могло бы смутить меня — взгляд Булатова на мое поведение. Если б в его глазах роль, какую я беру на себя, была неблаговидна, это бы расстроило отчасти мой план, но все-таки не заставило бы меня взглянуть на мой образ действий так, как взглянут на него "строгие ценители и судьи".

Булатов, к счастию, поддался... И он не будет делать никаких резонерских выводов. Остальное — в моих руках. Мне хочется привести его самого к сознанию, есть ли в его волокитстве за Сашей что-нибудь серьезное. И я надеюсь, что добьюсь этого.

"Цель оправдывает средства". Я не употреблю этого изречения для того, чтобы выгораживать себя. Самые средства считаю я не только позволительными, но совершенно логичными. Я не хочу, до поры до времени, разрывать с той сферой, куда судьба поставила меня, и вместе с тем я не хочу лгать самой себе. Я девушка по 21 году, и никто из моих знакомых не обращался со мною, как с девочкой в панталончиках. Maman зачастую говорит со мной о всевозможных семейных историях, где незаконная любовь играет главную роль. Сестра не посвящала меня в подробности своих amourettes, потому что я этого не желала, но зато беспрестанно болтает при мне про любовные вещи. Все девицы моих лет и моложе меня распространяются на эту тему вовсе не меньше замужних женщин. За границей все знакомые англичанки, самые дельные и развитые девушки, никогда не скромничали, как только речь заходила об известного рода отношениях. Из-за чего же мне притворяться, как выражается милейший Платон Николаевич, "недотрогой-царевной"?

Человек, начинающий интересовать меня, сбирается быть... другом моей сестры. Меняет ли это наши отношения? Нисколько. Стоит лишь отрешиться немножко от фамильных предрассудков, а я их не имею. Булатову нравится замужняя женщина; он не скрывает этого от меня; будет вести себя со мной по-приятельски; вот и все. Такое начало может и должно привести к добрым результатам, если только мое чутье меня не обманывает.

Несколько дней тому назад я осуждала его, даже с моей точки зрения, и теперь не оправдываю. Он поступает дурно, но потому-то я и протягиваю ему руку, что он на ложном пути.

XXXV

Приехал брат.

Maman так обрадовалась, что чуть не упала в обморок. Пьер сделал ей выговор "за такие нежности". Со мной обошелся, как всегда, т. е. как будто вчера меня видел.

Мы с год не видали его. Он похудел и даже постарел. Странное лицо у Пьера: сразу оно покажется женоподобным, мягким, вялым; а присмотритесь, и вы отметите несколько линий, налагающих печать сухой воли и брюзгливости, каких вы не подметите в женской физиономии. По наружности он стал еще чопорнее. В нем сидит уже старый холостяк, обожающий свою особу с утонченностью чисто мужского эгоизма. Мне неприятно думать так о брате; но если я до сих пор грубо ошибалась в нем — вина, право, не моя. Сколько раз, забывая, как он вообще относится ко мне, задавала я вопрос: около чего вертится существование этого чело века?

Что заставляет его кровь биться немножко посильнее?

Честолюбие? Не думаю. Пьер идет по дипломатической дороге потому, что на такой службе свободнее. Русской жизни он не любит; а не будь он на службе, его бы стесняли приставания maman проводить зиму около нее. А теперь у него есть всегда отговорка. Он вовсе не тешится блестящей стороной своего положения. Его не привлекают парадные балы, приемы, выходы, фигурирование в официальных салонах. Я не заметила в нем инстинктов придворного. Он вообще мало выезжает в свет. Над уродливостями high-life он иногда очень язвительно смеется. Да и над своими дипломатами также. Он не пропустит никакой выходки мелкого честолюбия, никакой бестактности, чтобы не пришпилить к ним ярлычка с ядовитой надписью. Словом, карьера и свет для него скорее обстановка, чем цель.

Женщины? Никогда я не слыхала, чтоб он кем-нибудь интересовался. Он такого обо всех нас лестного мнения, что ему невозможно переменить с кем бы то ни было свой вежливо-презрительный тон не только на язык страстного любовника, но и на слова дружбы и симпатии. То и дело, в своих рассказах, подтрунивает он над самыми блестящими женщинами. Ему доставляет особенное удовольствие всякий анекдот, в котором играет роль смешная пустота, вздорность и претензии женщин.

Страсти, карты, лошади? Пьер — не игрок и не спортсмен. Ему противно всякое увлечение; а лошади — эксцентрическая мода, и про такие вещи он выражается: "C'est bon pour des petits crevés".

Занятия, книги, искусства? Всему этому он отдается понемножку; он любит почитать и при случае щегольнуть своей начитанностью; он немножко рисует, играет на виолончели с довольно приятным brio, не прочь купить редкую вещицу, антик, картину, интересуется театром, оперой... Но все это так, между прочим, по-дилетантски. Никогда он ничем не увлечется. Свои вкусы и суждения вставляет в краткие афоризмы и с нами, грешными, т. е. с женским полом, никогда не дает себе труда что либо доказывать или опровергать.

В этом человеке есть, однакожь, что-то, составляющее его внутренний кодекс, его символ веры.

XXXVI

Оглядела я сегодня утром моего братца. Все та же у него английская прическа, пробор сзади посредине головы, с крупными висками вперед. Волосы бледно-рыжего цвета лежат с каким-то солидным шиком. Светло-рыжие ресницы поднимаются и открывают брезгливо-снисходительный взгляд. Щеки выбриты так, точно будто никогда у Пьера не росло бороды. Его усы с темно-рыжим оттенком, тонкими концами (все секретари и attachés носят с некоторых пор это украшение) придают лицу что-то нескладное. Подумаешь, что они приклеены. Более гражданскую физиономию трудно и выдумать; но Пьер, кажется, доволен своими напомаженными кончиками. Зимой его веснушки меньше заметны и делают кожу болезненно желтоватой.

А туалет! Так он и сросся с двубортным английским сюртуком. И обшитые шелком борта, и бархатный воротник, и форма рукавов — все это исполнено традиции. С тех пор, как я езжу заграницу, Пьер не менял покроя. Воротнички "a la Shakespeare", загнутые слегка, поддерживают голову точно на какой пружине; галстух "prince of Wales" спускается ниже золотой запонки, на которой держится faux-col; ботинки темно-каштанового цвета с пуговицами... Невольно воскликнешь: "Capital endeed!"

А между тем Пьер вовсе не фат. У него это — известный мундир, обратившийся в привычку. Во всех мелочах внешности он англоман, но то, что ему нравится в английской жизни, о чем он говорит с некоторым убеждением, мне совсем не по вкусу. И он, и я смахиваем по виду на английские типы. Только я вовсе бы не желала иметь англоманию моего братца.

Быть может, в соблюдении благой средины, в том, что

англичане называют "respectability", с прибавкой русского скептицизма, и заключается вся суть существования Пьера.

Он всегда преклоняется пред логикой — разумеется, понимая ее по-своему. Самый высокий ум провинился бы веред ним, если б поставил себя в сколько-нибудь неловкое положение.

Забыла прибавить: запонки на манжетах Пьера все те же, — из слоновой кости с его шифром.

XXXVII

Первый блин да комом...

Вечером пили мы чай en famille: maman, сестра Саша, Пьер и я. С сестрой Пьер был всегда в бОльших ладах, чем со мной, хотя она и шокирует его своим московским тоном. Разговор зашел о нашем последнем четверге.

Maman делается всегда гораздо придирчивее по светским вопросам в присутствии брата.

— Твоя сестрица, — говорит она ему, указывая на меня, — в Ницце да в Лондоне набралась такого духу, что я уж и не знаю, как мне быть!

Пьер промолчал; Саша переглянулась со мной.

— Ну, на что это похоже, — продолжала maman, — шептаться в углах с молодым мальчиком, вместо того, чтобы занимать девиц?

Саша взглянула на меня; Пьер перестал прихлебывать чай.

— О ком это вы говорите, maman? — спросила сестра.

— Да вот о вашей знаменитости, о Булатове. Лизавета Павловна, кажется, немногим моложе его и могла бы ему дать заметить, что так не ведут себя в порядочном обществе.

Пьер поглядел на меня, прикусивши нижнюю губу.

— Что ж ты молчишь? — спросила maman.

— Мне нечего отвечать тебе, maman, — сказала я. — Не знаю, почему ты обратила особенное внимание на мой разговор с Булатовым: я вела себя с ним точно так же, как и с другими молодыми людьми.

Говоря это, я, кажется, немного покраснела, — не от волнения, а от неприятного для меня присутствия Саши и Пьера.

— И со всеми вы обращаетесь не так, как прилично девушке хорошего тона и фамилии... а тут... полагаюсь на твое суждение, Пьер... ну, как это... ее гости сидят и зевают, а она изволит разглагольствовать о высоких предметах.

Я увидела, что самое лучшее будет молчать. Сестра сделала какое-то кислое лицо. Пьер, не обращаясь в мою сторону, проговорил своим обыкновенным чопорным тоном:

— Вообще, я нахожу, что в русских салонах совершенно не знают, что такое общий разговор. Сидят по углам, точно исповедуются; поэтому и не может быть никогда никакого entrain...

— В одно слово со мной! — вскричала maman. — Что я тебе говорила сотни раз? Вот, кажется, человек не из тамбовского захолустья приехал?!

— У нас очень трудно завязать общий разговор: у девиц нет никаких интересов.

Я это сказала для очистки совести.

— Интересы! Какие такие интересы? Об тряпках бы толковали, об музыке, что ли; нынче вон они все в консерваторию ездят.

Саша не захотела ничем поддержать меня. Пьер изрек опять суждение.

— Здесь в Москве, — сказал он, — сколько я заметил, девушки имеют Бог знает какой тон. По крайней мере везде за границей, в Париже, в Лондоне, во Флоренции, в Вене — они держатся в известных традициях, в известной системе воспитания. По крайней мере знаешь, как с ними быть. А у нас какая-то анархия: одна держится дурочкой, другая так эмансипирована, что за нее стыдно порядочному человеку... Полный хаос!

— Что я тебе говорю? — вопросила торжествующим голосом maman. — Благодарю тебя, Пьер. А то наша Лизавета Павловна изволили меня записать в дуры и хотят жить на всей своей воле... да, да, мой друг, на всей своей воле!

— Во французских салонах, — продолжал бесстрастно Пьер, ни к кому в особенности не обращаясь, — это гораздо удобнее: с девушками говорить нельзя, — никто и не обращает на них внимания.

— Ты находишь это очень хорошим? — спросила я.

Пьер закрыл правый глаз и мигнул на меня левым. Этот маневр обозначает у него недовольство тем, что его прервали.

— И все эти глупые вопросы! Продолжай, Пьер! — крикнула maman.

— Обычаи известного общества, процедил мой братец, — не нуждаются в нашей с тобой оценке. Явись ты с своими... идеями... и ты будешь смешна — больше ничего.

Помолчав, он обратился к сияющей maman.

— В Лондоне девушки играют другую роль. Зимой, в замках, есть особенный genre... Хотя я, признаюсь, не очень долюбливаю, когда вас окружит целая дюжина зрелых девиц и толкует с вами о скучнейших романах... Но все это имеет свой raison d'etre. Так сложилось веками, и никто не желает выскакивать вперед, вводить свои правила, выставляться независимостью характера. Наше общество напоминает мне немножко американские салоны. Лично я не знаю ничего угловатее и несноснее этих американских девиц со всей их хваленой эмансипацией.

— Ты вот, однакожь, осуждаешь, — заметила я.

— Я никогда ничего не осуждаю; я говорю только, что мне нравится — вот и все.

Видя, что Пьер запоет с maman весьма тошный для меня дуэт, я допила чашку чаю, выбрала минуту и ушла к себе. В этом приятном домашнем разговоре не было ничего нового; но мне сделалось так больно, как давно, давно не бывало. Тут собралась вся моя семья, и между нами не произнесено было ни одного слова понимания. Вряд ли можно больше сдерживать себя, чем я это делаю. Моя выдержка нет-нет да и отзовется едкой горечью. Положение такой взрослой девушки, как я, среди подобной обстановки доходит до пределов унизительной зависимости.

"Еще четыре месяца", — подумала я и вернулась в гостиную. Саша, уезжая, отвела меня в сторону и спросила:

— Вы помирились с Булатовым?

— Мы и не ссорились.

— Ты все хитришь, Лиза. Он тоже какой-то странный. Ты и с ним совершенно некстати вдаешься в разные тонкости.

— Полно, Саша, — сказала я ей, — мне и так тошно.

— Ты нервничаешь. Я не хотела вмешиваться в разговор, но, между нами, maman права. Нельзя же, душа моя, неглижировать так всеми и удаляться в углы.

— В какие? Ты разве в них заглядывала?

Саша поморщилась и положила мне руку на плечо.

— Ты разве собираешься со мной воевать? — проговорила она.

— Я на тебя еще не нападала.

— До поры до времени?

— Может быть.

— Знаешь, что, Лиза: ты делаешься зла; иди-ка ты замуж.

А голос maman кричал в эту минуту из другой комнаты:

— Коли перестали дуться, пожалуйте сюда.

Сегодня на ночь я чуть-чуть не разревелась...

XXXVIII

Что я предвидела, то и случилось.

Булатов был у нас и познакомился с братом. Пьер обошелся с ним с самой ледяной вежливостью. Вчера встретились они вечером у сестры. Присутствовал и милейший Платон Николаевич. Он злобно поглядывал на Булатова и всячески подделывался под тон Пьера. Брат задавал ему и сестре маленькие вопросы о Москве. Зашла речь о земстве и о новых судах.

— Во всем этом, — сказал брат, — есть какое-то детское увлечение.

— Увлечение очень понятное, — заметил Булатов, — это — насущные надобности.

— Для адвокатов, — прибавил хихикая Платон Николаевич.

— Может быть, — ответил Булатов и, обращаясь к брагу, сказал ему горячо: — меня удивляет, что вы, человек, живущий на западе, относитесь с таким пренебрежением к тому, что должно бы вызывать ваши симпатии.

Пьер ушел в свои шекспировские воротнички и, поглядевши боком на Булатова, выговорил:

— Я могу сочувствовать прогрессу моего отечества, но я не имею ничего общего с теми, кто много теперь шумит... и мне кажется, что наши реформы будут давать жалкие результаты... avec ces énergumènes.

— С кем это? — спросил Булатов.

— Я уж не знаю, как их теперь называют...

— Эти energumenes, — вскричал Булатов, — все мы! Вы изволили сказать сейчас, что вы не имеете с ними ничего общего; стало быть, вы их не знаете. Но если вы убеждены, что эти "бесноватые" портят все, что сделано в последнее время порядочного, почему вы не боретесь с ними, почему вы не занимаете их места и не ведете общество туда, куда бы вам хотелось направить его? Не потому ли, что вы не только не имеете ничего общего с ними, но и со страной вашей?

— Я служу ей, — с джентльменской интонацией ответил Пьер.

— Как вы можете ей служить, если вы не знаете, что происходит в нашем обществе, где его лучшие силы и кто его свежие работники?

— Monsieur est patriote!..

— Дело вовсе не в патриотизме, — продолжал Булатов, — не в глупом восхвалении своего отечественного кваса! Человек окружен обществом, которое его родило, и из кого бы оно ни состояло, хотя бы из лапландцев и готентотов, живому человеку надо тянуть лямку, а не дилетантствовать. Я вовсе не уважаю европеизма, заменяющего презрительными фразами точное знание того, что кажется ему диким и вредным!

Булатов так одушевился, что встал и оперся рукой о спинку кресла. Я взглянула на него, и его лицо показалось мне совершенно новым. Он горячится не с мелким задором, а точно будто его подогревает постепенный огонь. Настоящая отвага видится в его глазах и выражении губ. Саша тоже на него смотрела, и наши глаза встретились. Сестра потупилась. Я также.

— Vous plaidez bien... — процедил с усмешечкой мой братец.

— Это, быть может, намек на мое звание, — остановил его Булатов. — Лучше было бы воздержаться от таких аргументов. Пускай, я адвокат... я очень рад, что мне пришлось сказать два слова в защиту того, что вам, как дипломату, как человеку, представляющему собой на западе нашу молодежь, не мешало бы немножко изучить. Защитнику простительно увлечься: он привыкает действовать на чувство присяжных и судей, но дипломат должен сообразовать каждое слово с знанием точных фактов. Но я не хочу превращать этой гостиной в залу дебатов...

— L'incident est clos, — поспешил заключить Пьер, видя, что он напал на не совсем удобного для себя противника.

XXXIX

Платон Николаевич во время всего разговора сидел точно на углях; но у него не хватало, разумеется, умственных способностей на то, чтобы вставить хоть одно словечко. Он выбежал из гостиной в кабинет сестры, куда я вошла вслед за ним.

— В последний раз он разглагольствует в моем доме, — шептал он, напыживаясь.

— Что ж вы ему этого не объявите, — спросила я, — чем хорохориться из-за угла?

— И какими глазами глядела на него Александра Павловна! Гадко смотреть!

— А вы наблюдали?

— Что же мне оставалось делать? И вам он, кажется, тоже внушает большой решпект?

— Отделал братца, и я этому очень рада.

— Постыдитесь: у вас никакого фамильного чувства!

На это я только махнула рукой. Мы стояли в дверях гостиной. Пьер рассматривал у стола какой-то альбом. Булатов и Саша отошли к двери в залу, в плохо освещенный угол.

В ту минуту, как я взглянула на них, мне показалось, что Булатов, держа в левой руке шляпу, правой что-то такое передал сестре и она тотчас же спрятала это "что-то" вместе с платком.

— Вы видели? — раздался над моим ухом шепот Платона Николаевича.

— Что? — откликнулась я, продолжая смотреть в угол.

— Наглец! Записку на моих глазах!

Мне послышался почти яростный крик супруга. Что-то очень едкое схватило меня за сердце; но я сейчас же подошла к Саше, стала перед нею так, чтобы мужу ее ничего не было видно, и шепнула:

— Отдай мне записку: муж твой видел...

Саша нисколько не смутилась и, не меняя позы, сунула мне в руку записку. Я уверена, что даже Булатов ничего не заметил. Когда Платон Николаевич подошел к нам, Булатов раскланивался. Супруг взглядывал то на него, то на меня и совсем точно одурел. Он протянул Булатову руку и даже шаркнул ножкой.

— Вы видели? — спросил он меня еще раз.

— Что?

— Да записку же!

— Какой вздор, — сказала я, — вы так на него злы, что вам мерещится Бог знает что.

Я это сказала таким тоном, что он взглянул на меня с недоумением.

Саша села у стола как ни в чем не бывало.

— Что же ты скажешь о Булатове? — спросила она Пьера с апломбом, который в эту минуту понимала только я.

— Un braillard.

— Оттого, что он тебя осадил.

— Я не понимаю даже, как ты позволяешь, чтоб в твоем салоне так смешно разглагольствовали студенты.

Платон Николаевич подскочил в один прыжок к столу.

— Он и не будет больше разглагольствовать! — вскричал он с дрожью в голосе.

— Как это? — спокойно спросила Саша.

— Да так-с! Я вот при брате вашем говорю, что нога этого нахала не будет больше в моем доме. И вам хорошо известно, Александра Павловна, что я имею на это причины.

— Какие?

Саша была великолепна по спокойствию.

— Какие, вы говорите? Пьер, пускай сестра твоя покажет, что ей сейчас всунул в руку этот присяжный поверенный!

— Qu'est ce? — отозвался Пьер, которого начинало уже коробить.

— Да, пускай она тебе покажет. Я видел, вот Лиза видела.

— Я ничего не видала, — проговорила я с отчетливостью грубой лжи.

— Ничего не видала? Это одна шайка!

— Pas si fort, — остановил его Пьер.

— Вы, мой друг, совсем что-то заговариваетесь нынче, — начала Саша своим протяжным, барским тоном. — Пьеру, я думаю, вовсе не весело присутствовать при таких милых сценах. О какой вы записке говорите? Не желаете ли обыскать меня?

Пьер издал какое-то односложное восклицание и поднялся с места. Платон Николаевич, видя, что он остается один, взглянул опять на меня сурово растерянным взглядом, и только было пустился опять негодовать, как Саша, взявши меня за руку, сказала:

— Прощай, Пьер, я устала! — и повела меня к себе.

Супруг рассудил за нами не следовать.

XL

Когда мы очутились в спальной Саши, она обняла меня и поцеловала.

— Ты меня любишь, — прошептала она.

Я, молча, подала ей записку.

— Не хочу!

— Не хочешь читать? — спросила я.

— Да, не хочу! Все эти записки мне надоели. Какой бы он там ни был мой супруг, он все-таки муж. Булатов мне очень нравится, ты это знаешь; но он ведет себя со мною, как с женщиной, про которую ему Бог знает что наговорили. У меня есть также свое самолюбие. Он талантлив, умен, блестящ, сегодня я его заслушалась... все это так; но он ошибается, воображая, что я для него буду легкой победой!

— Но ты приняла записку, — проговорила я тихо.

— Что же мне было делать? Показать Платону Николаевичу?

— Ты ее не берешь; куда же ее деть?

— Делай с ней, что хочешь: сожги, брось!

— Но ведь он ждет ответа?

— И пускай ждет!.. Тебя не поймешь, Лиза: то ты мне нотации читаешь, то ты берешь на себя роль...

— Хорошо, перебила я ее, — довольно о записке. Если желаешь, я ее передам Булатову. Ты видишь, я не бегаю от тебя и не осуждаю тебя; но скажи мне прямо: любишь ты настолько Булатова, чтоб бросить мужа?

— Бросить мужа? Что ты, Лиза!

— Тебя это пугает?

— Мне это и в голову не приходило! Куда же бы я делась с Булатовым? В Америку, на необитаемый остров? Неужели ты так наивна, что считаешь его способным бросить карьеру и бежать!

— Зачем бежать?

— А то как же? Остаться здесь после скандальной истории с супругом и поселиться вдвоем, так, maritalemens? Ты, в самом деле, душа моя, витаешь в каких-то невозможных идеях!..

— Однако, надо же тебе как-нибудь... кончить с Булатовым?

Саша рассмеялась.

— Не беспокойся, все обойдется... Только ему нужно дать хорошенький урок. Прощай, Лиза! Я совсем сплю.

— Как же с запиской? — спросила я еще раз.

— Ну, да отдай ему, и... намыль от меня голову.

Она позвонила и начала раздеваться. Я вышла с каким-то туманом в голове.

XLI

Я, стало быть, не ошибаюсь. Сестра любит Булатова так, как и прежних своих адоратеров. Она способна еще долго кокетничать с ним, чтобы потом приучить его к роли домашнего друга и спокойно, без скандалов и разрыва с мужем, держать около себя молодого, умного, увлекательного... любовника.

Вот что ожидает Булатова! Если он сам не догадывается об этом, — я ему открою глаза. Перед серьезной страстью я бы еще отступилась; но теперь для меня нет больше сомнений.

Maman и брат — в большом раздражении: они не могут почти слышать имени Булатова. Пьер изрек несколько кратких и презрительных сентенций, который maman тотчас же превратила в непогрешимые истины. Брат был так уязвлен в своем умственном авторитете, что намекнул в разговоре с maman на супружеские подозрения Платона Николаевича. Я не ожидала от него такого мелкого недоброжелательства.

— Я вижу, — сказала я ему, — что ты гораздо мелочнее, чем я думала. Утешься, тебя побили в недрах семейства.

— С такими неприличными господами не спорят, — ответил братец.

— Разумеется, не спорят, когда приходится плохо.

— Ты, кажется, поклоняешься этому курьезному демократу?

— А тебе, Пьер, — ответила я, — вероятно, все равно, поклоняюсь ли я кому-нибудь или нет?

— Жалко видеть, как ты взяла какой-то невозможный тон...

— Ты мог бы делать мне упреки, если б когда-нибудь занимался моим воспитанием; я сама себя воспитала и лучше не сделаюсь от твоих замечаний.

— Все это прекрасно, мой друг, только предупреждаю тебя, что я не намерен выслушивать тирад твоего адвоката.

Таких людей можно нанимать для защиты процессов, но из них не делают интимных знакомых.

И братец, по своему обыкновению, повернулся и пошел, храбро избегая возражений.

Вот какой мир и какая любовь царствуют у нашего очага!..

XLII

Я должна была возвратить Булатову его записку. Переслать ее по почте, без всякого объяснения, мне не хотелось. Случилось так, что maman не было дома, Булатов приехал с визитом и я его приняла, зная, конечно, что мне будет за это чрезвычайный выговор.

Он тоже, как ни смел, а точно стеснился, увидавши меня одну в гостиной.

— Наш уговор вы помните? — спросила я.

— Как же, помилуйте!

— Я — ваш приятель, готовый на всякую поддержку, без объяснений и без щекотливых вопросов.

— Прекрасно, прекрасно!

— Я просто изложу факты...

— Начало мне нравится.

— Погодите. Вы немножко приготовьтесь.

— Разве есть сюрприз?

— Да, я не знаю, будет ли он вам приятен.

— Что же, факты?

— Извольте... сестра просила меня передать вам вот эту записку.

Я подала ему записку, глядя ему прямо в лицо. Он встал. Его лицо очень изменилось.

— Как! — выговорил он. — Она у вас?

— Вы видите.

Я обернула ее; он мог видеть, что она не распечатана.

— Она не читала!

Он вдруг покраснел и отошел в угол гостиной. Я все сидела с протянутой запиской.

— C'est raide, — прошептал он, подходя к столу, и подавленным голосом добавил: — позвольте мне письмо.

Я подала. Он сел и поправил волосы. Краска не сходила еще с лица.

— И больше ничего? — спросил он.

Мне стало его жаль, и я не решалась передавать ему слова Саши.

— Не может быть, — продолжал он, — чтобы сестра ваша ничего не сказала при этом. Я знаю, вы не умеете лгать: говорите.

— Она нашла ваш поступок... неуместным или, лучше сказать, слишком скорым...

Он рассмеялся и опять встал. Я уже не глядела на него.

— Сестра ваша, — начал он медленным, отчетливым, едким голосом, с некоторой дрожью, — обошлась со мною, как с мальчишкой. Урок хорош! Но, поверьте мне, что я действовал совершенно уместно... вся моя вина заключается в том, что я считал вашу сестру...

Он не договорил, опустил голову, и мне показалось, что на глазах его заблестели слезы.

— Да! — вдруг вскричал он. — Я ждал чего-то от этой женщины; мне хотелось вырвать ее из ее пошлой жизни; в этом самом письме, которое она не потрудилась даже распечатать, я умолял ее бросить комедию кокетства, не принадлежать больше своему идиоту-мужу; я готов был на все, я ждал ответа честной женщины, способной на здоровую страсть, на искренний порыв!

Слова его так приятно поразили меня, что я невольно протянула ему руку и сказала:

— Она вас любит...

Булатов отдернул свою руку, посмотрел мне прямо в лицо и улыбнулся так, что я покраснела.

— Не трудитесь утешать меня, — проговорил он уже совершенно язвительным тоном, какого я у него еще не слыхала.

Он продолжал:

— Ваша роль — весьма неблагодарна. Я жалею, что вы

живете в этой сфере... Я жалею и о том, что вы вошли со мною в отношения, которые вам, как девушке с нравственным чутьем, должны были раньше, чем мне, показаться некрасивыми. Если уже вы решились быть посредницей между нами... вам, вероятно, известна была тактика вашей сестры... зачем же было играть на струне искренности и оригинальности? Мне довольно быть одураченным один раз. Прощайте-с, — закончил он, выпрямляясь, — вашей сестре вы можете передать, что я теперь верю всему тому, что прежде пропускал мимо ушей.

— Выслушайте меня! — вскричала я.

— Прощайте-с, — повторил он. — Объяснения бесполезны. Вы знали, что делали.

И он вышел мерным шагом. Я сидела еще несколько минут и подняла голову от восклицания maman:

— Что это за новости? Вы изволили принимать Булатова без меня? А!

И разыгралась буря.

XLIII

О, мужчины! Тщеславие и эгоизм, эгоизм и тщеславие! Оттого, что он напал на пустую женщину, которая хочет с ним подольше поиграть, другая получает такой незаслуженный удар! И это молодой, новый человек, с широкими принципами, со словами протеста и обличения...

Как бы были рады моралисты и резонеры, приговаривая:

"Ну, что? Дождались, убедились вы теперь в том, что порядочной девушке нельзя себя так вести!"

Неужели они правы? Ведь я боялась одного: что меня дурно поймет Булатов. И как он меня понял! Он даже не потрудился смягчить свой презрительный тони

Я говорю, что удар был незаслужен. Так ли это? Есть черта, за которую не следует переходить, не узнавши хорошенько человека. Я увлеклась своей идеей, я кинулась в опасную эксцентричность, вместо того, чтобы остаться в стороне и ждать. Продождавши, я бы увидала, есть ли в человеке, который показался мне стоящим симпатии, что-нибудь ценное?

Рассуждать так легко теперь, но мотив был у меня иной. Я не жалела себя и теперь готова еще объяснить ему свое поведение. И он сам мог так больно обидеть меня по впечатлительности. Гораздо легче провозглашать свободу мысли и поступков, чем оценить ее в такой момент. Мое посредничество пришлось тут очень некстати, и я даже думаю, что если б я не сказала этой несчастной фразы: "Она вас, право, любит", он не обрушил бы на меня своего раздражения. Я ее сказала так, сдуру, по женской слабости, оттого что мне стало его жаль. Он не мог этого понять в том состоянии, в каком он был.

Да, как я ни рассуждаю, а мне очень тяжело. Как сойтись опять, как сделать наши отношения простыми и искренними? Написать ему? Он может возвратить мне письмо так, как Саша возвратила ему записку. Надо переждать. А тем временем его предубеждение будет расти; я стану все ниже и ниже падать в его глазах; он начнет ухаживать за какой-нибудь барыней, менее осторожной, чем сестра; его тщеславие будет удовлетворено, и втянется он в жалкую жизнь, от которой я так легкомысленно хотела отвлечь его.

Но хорошо и то, что он ушел от Саши.

XLIV

Необходимо было отдать отчет сестре. Я передала ей сцену без особенных смягчений, но не говорила о том, что досталось на мою долю.

Саша как ни в чем не бывало.

— Только? — спрашивает.

— Чего ж тебе еще?

— Ты, я вижу, ему не намылила хорошенько головы.

— Сделай уж это сама... Он был ли у тебя вчера?

— Не может же он ездить каждый день. Подуется дней

пять-шесть. Я ему нарву уши за то, что он ожидал от меня таких нелепостей.

— Ты уверена, что он явится?

— А не явится, ему же будет хуже.

— Дальше твоя любовь не идет?

— Ах, Лиза, с вами, с девушками, невозможно говорить об таких вещах!

— И гораздо будет лучше, сестра, — сказала я ей с ударением, — не затрагивать amourettes.

— Как знаешь, разумеется лучше... Я вижу, что ты опять начинаешь нервничать.

Вот из-за какой любви волновался Булатов! Да, я готова забыть мое огорчение, только бы он не смешивал меня с девицами, из которых выходят Александры Павловны.

Буду ждать.

XLV

Вот уж несколько дней, как я не видала Булатова. К нам он не заезжал, да его бы, кажется, и не приняли; к сестре Саше он тоже не показывается. Она что-то разнемоглась. Может быть притворяется; вчера она была такая кислая и томная, что я насилу высидела у ней полчаса. Супруг сидит около нее и даже нежничает. Мне было очень противно смотреть на эту сцену.

Дома у нас донельзя тоскливо. Я провожу почти целый день у себя. Являюсь только на завтрак, обед и вечерний чай. Эти трапезы происходят больше в молчании. Maman рада была бы услаждать себя беседой с Пьером, но Пьер во время завтрака читает всегда газету, а вечером за чаем какой-нибудь английский роман. Раза два maman желала, чтоб я ему аккомпанировала. Не знаю, почему дрожащие, унылые звуки виолончели производили во мне весьма неприятное нервное раздражение. Сестра Саша, может быть, и права, находя, что я нервничаю.

Поехала я к Машеньке Анучиной справиться о Булатове. Нашла ее если не вполне утешенной в любовном горе, то по крайней мере вовсе не такой, как в тот вечер, когда она проливала горькие слезы. Теперь Машенька еще сильнее вдалась в свою консерваторию и, как только я с ней поздоровалась, сейчас же начала меня душить своими партиментами.

Она рассказала мне, что и к ним Булатов давно не ездит, что его часто видят в маскарадах и в балете. Он начал, говорят, подносить букеты какой-то девице Матросовой третьей... от воды. Машенька верит этому слуху, хотя и не видала сама, — подносил ли он букеты. Она говорила о Булатове гораздо спокойнее, с оттенком пренебрежения, и заключила свои рассуждения таким восклицанием:

— Важнюшка, жаднюшка и фатишка!

Я не стала защищать его; я даже рассмеялась, глядя на мину, с которой Машенька произнесла эти три слова. Вернувшись домой, я сильно задумалась над маленькими событиями моей жизни за последние две-три недели. Ведь я выхожу уж никак не крупнее Машеньки! Она по-своему поняла всю мелочную сторону Булатова и очень скоро вылечится от своего недуга. А я, зная этого человека не больше ее, проделываю теперь пустую, лихорадочную игру. Разве то предполагала я выполнить к эпохе законного моего совершеннолетия? Сколько раз смеялась я над русскими барышнями, которые носятся с своим caprice, с предметом, с чувством, пожалуй даже со страстью, забывая, что надо сперва отстоять свое положение, как личности, запастись не салонными правилами, а своей собственной программой?! Еще два-три месяца — и настанет день, когда я сделаюсь распорядительницей своей судьбы, без всякой мелкой возни "с власть имеющими". И вот уже несколько недель, как я забываю мою серьезную задачу и волнуюсь из-за сочиненного плана, не ставши сначала сама на твердую почву.

Да, все это так, но жизнь сильнее расчетов и соображений ума! Я не хочу идти одна когда добьюсь свободы. Мне вовсе не улыбается перспектива сухой, хотя бы очень дельной, старой девы. Если б даже встреча моя с Булатовым и не имела никаких серьезных последствии, в этом человеке есть многое, что меня привлекает, и я думаю, что такая натура, как моя, всего более способна разносторонне и терпимо понять его и помочь ему в борьбе с его мелкими инстинктами.

Пускай это — caprice.... В других условиях из него, быть может, вышло бы что-нибудь хорошее...

XLVI

Бал у Бутылиных: "un bal-événement". Об нем говорят уже третий месяц. Maman особенно заволновалась о моем туалете и сделала по крайней мере раз десять тонкий намек на то, что если я на этом бале не обрету какого-нибудь титулованного претендента, то до следующей зимы... "la campagne est termenee"

Так и запишем.

Я почти обрадовалась этому балу. Это — верное средство увидать Булатова. Он, вероятно, покажется там. Поедет и Саша. Боюсь только, чтобы не вышло чего-нибудь...

Maman рассчитывает на эффект, который должен произвести Пьер. Он сделался такой кислый, что родительница убивается, чем бы его занять. Прежде бывали между ними споры, а теперь и того нет. Пьер даже и не возражает maman.

XLVII

Мы поехали на бал. Я одевалась старательно и дорогой, в карете, была весела. Приехали мы поздненько. В зале охватил меня жар и целый сонм девиц. Я подумала, глядя на них: "И вам, мои милые, внушено, что этот бал венчает собою весь зимний сезон". В одной из гостиных нашла я сестру: она так и сияла... Туалет действительно умный и в особенности пикантный. Она и всегда щеголяет своими плечами, а на этот раз лиф ее был слишком откровенен. Около нее вертелся один из ее прежних habitués, татарский князек Мурзафеев, недалеко ушедший от Платона Николаевича.

Машенька Анучина шепнула мне:

— Адвокат здесь.

Я начала искать глазами адвоката, но он куда-то скрылся. Я его увидала только в зале, в толпе мужчин. Он говорил о чем-то, сильно жестикулируя, с одним из наших старичков — "статских генералов".

Заиграли вальс. Я стояла у двери, как-раз против него. Он увидал меня, пробрался к кругу, взял какую-то черненькую девицу в очень смешном венке, сделал с ней тур, церемонно раскланялся и также церемонно приблизился ко мне. Поклонившись, он проговорил что-то такое, что я приняла за приглашение, и мы пустились...

— Ваш брат здесь, — сказал он, когда мы сделали несколько па.

— Maman его вытащила.

— Я любовался его фраком... Вы заметили, что он без галстуха?

— Как без галстуха?

— Да, по-английски... Я одобряю.

Больше ничего сказано не было. Отделавшись двумя турами вальса, Булатов не подходил уже ко мне до мазурки. Сестра Саша видимо искала с ним встречи. Он с ней протанцевал один тур вальса.

— Дитя сердится, — кинула она мне между двумя кадрилями. — Нужно его проучить хорошенько.

В котильоне мне пришлось сидеть около Булатова. Он совсем забыл про свою даму. Я также не особенно занималась моим кавалером, очень невзрачным офицериком, которого мне представили на бале. Он сейчас же заблагорассудил пригласить меня на котильон.

Булатов первый заговорил со мной, приблизивши свой стул.

— Вы-таки много танцуете, — заметил он точно про себя.

— Отслуживаю срок, — ответила я.

— Да вы не оправдывайтесь: это хорошее дело. Мы бы здесь задохнулись без танцев. Я вот прежде негодовал на балет, а теперь нахожу, что это — премилая вещь.

— И часто бываете?

— Каждый раз.

Тон его мне очень не нравился.

— Да-с, — продолжал он, вернувшись на место после тура, — начинаю-таки чувствовать отечественную пресноту. Мое ежедневное ремесло... это, как немцы говорят, ein überwunden'er Standpunkt. Хоть бы что-нибудь такое экстренное... Отдаться бы каким-нибудь злостным инстинктам... А знаете, ведь ваш брат, с своим gilet en limande, бледными губами и джентльменским отсутствием галстуха, производит во мне некоторое демократическое щекотанье.

Я посмотрела на него с недоумением.

— За братца оскорбились? — спросил он,

Я промолчала.

Сделавши еще тур с своей дамой, Булатов сильно вздохнул и, обратившись опять ко мне, проговорил:

— Отчего это нынче дуэли не в моде?

— А вам хочется подраться? — спросила я.

— Недурно бы расчистить воздух.

— Вы это серьезно говорите?

— А разве вам не все равно? Право, хорошее дело маленький пароксизм зверства...

И он начал вертеть своим pince-nez, наклонивши голову. Все это было так странно и некстати, что мне не хотелось продолжать разговор. Мой кавалер начинал уже поглядывать на меня просительно.

XLVIII

Мы сели ужинать за маленький стол: я, мой офицерик, Машенька, Пьер. Оставалось еще два прибора. Явился Булатов с своей дамой и сел рядом с Машенькой, против Пьера. Я этого не ожидала.

Рассевшись, Булатов кивнул через стол Пьеру и прибавил:

— Bonsoir.

Пьер повторил вежливо, но чопорно:

— Bonsoir.

Точно какая струйка пробежала между ними.

Я оглянулась: за столом рядом с нами сидела сестра Саша и князь Мурзафеев. Сестра поместилась так, что Булатову она была видна в полоборота. Мурзафеев очень глупо смеялся. Она вторила этому смеху.

— Вы так и порхали сегодня, m-r Булатов, — обратилась к нему сестра.

— Я читал книжку Соколова, под названием "Руководство к приятному обхождению". Там сказано: "танцуйте, танцуйте, если хотите сохранить приятные воспоминания".

И Булатов засмеялся. Я его не узнавала.

— Est-ce un mot? — спросил вполголоса Пьер.

— А вы, — продолжал Булатов в сторону сестры, — вспоминали доброе старое время? И то сказать: on reyient toujours...

И Булатов сделал какой-то жест, от которого Машенька, по натуре смешливая, фыркнула.

Князь Мурзафеев не понял, вероятно, недоконченной фразы, а сестра оглядела Булатова с улыбкой, которая говорила: "Полно тебе сердиться, лучше явись с повинной головой".

Он однакожь не унялся.

— Я любуюсь вашим английским faux-col, — кинул он брату через стол, — вы поразили всех наших франтов.

— Enchanté, — пробормотал Пьер, пожавши слегка плечами.

— Это хорошо-с, это приобщает их к high- life. Завтра у вас попросят фасончиков.

Булатов, как бы нарочно, все говорил по-русски.

Пьер прищурился на него, и что-то злое пробежало по его бледным губам.

— Какая у вас микроскопическая наблюдательность, — сказала я Булатову, — вы очень любите детали.

— Et la bijouterie, — прибавил Пьер, остановившись взглядом на толстой цепочке Булатова с бесчисленными брелоками.

— "По состоянию, — сказал Иона Циник"... Изволили читать? — спросил Булатов Пьера, перегнувшись через стол.

— Je ne comprends pas la saillie de monsieur... ça depasse mon intelligence.

Всю эту фразу Пьер проговорил, глядя в мою сторону и не обращаясь Булатову.

— Вы не изволите читать отечественных авторов? — не унимался Булатов. — Это — из господина Писемского сочинений.

Я покраснела и сгоряча сказала ему:

— Таких цитат не делают!

— А вы, стало быть, читали "Взбаламученное море" и помните, из какого это места?

Булатов спросил меня об этом таким тоном, что я не знала уже, как продолжать разговор, и тут же раскаялась, что сделала замечание.

Оно не ушло от Пьера.

— Qu'est-ce? — обратился он ко мне.

— Он забывается, — шепнула я и опять тут же раскаялась в этой фразе.

— Vous voyez, monsieur, — сказал Пьер отчетливо и с улыбкой, — que votre mot est plus qu'inintelligible: il est inconvenant.

Булатов вскинул головой и, немного побледнев, взглянул смело в глаза брату и, также отчеканивая слова, как и он, почти передразнивая его, ответил:

— Хотя мы здесь и не в палате, но я нахожу ваш реприманд недостаточно парламентским. Вам неугодно взять его назад?

Пьер пожал плечами и, проглотивши кусочек груши, выговорил:

— Non, monsieur.

— Неугодно? — переспросил уже с задором Булатов.

Брат ничего не ответил.

Сестра не слыхала этого разговора. Машенька не поняла его значения. Меня схватило за сердце, и я просительно взглянула на Пьера; его желтые ресницы были опущены и он систематически жевал в эту минуту.

— Если вам неугодно исполнить мое требование, — начал опять Булатов, — мы покончим нашу беседу о приличиях после ужина, а теперь — это скучная материя.

Пьер кивнул головой и проговорил:

— Soit.

Я вздрогнула и взглянула на Булатова. Он ответил мне жесткой, неприятной, дерзкой улыбкой — улыбкой фата.

С соседнего стола раздавался громкий смех сестры.

Ужин кончился; загремели стулья. Я встала, чувствуя, что бледнею и что на лбу у меня выступает холодный пот. Булатов повел свою даму. Я извинилась перед офицериком, сказавши, что танцевать больше не могу.

— Что с тобою, Лиза? — спрашивает меня Машенька, — голова кружится?

— Ты разве не слыхала?

— Что? Как твой брат отделал этого важнюшку? И прекрасно! Он воображает, что уж умнее его нет на свете человека. Надо бы вот каждый день обрезывать его в обществе. Твой брат — умница и манерами совсем не чета нашему адвокату...

— Хорошо, хорошо, — остановила я болтовню Машеньки и, оставивши ее, пошла в залу, где уже танцевали вальс. Я искала Пьера — и не нашла его. В гостиной я завидела фигуру Булатова. Он стоял спиной и из-за его профиля выставлялось лицо брата.

— Demain, — говорил Булатов, когда я проходила мимо, — à deux heures.

— Soit, — ответил Пьер.

Я остановилась, догадавшись в чем дело. Но ни один из них меня не заметил. В следующем маленьком салоне я встретилась с Сашей.

— Что с тобой? — спросила она.

— Ничего.

— Ты бледна, как смерть.

Оглядевши меня, она продолжала:

— Каков наш Жюль Фавр! Он начинает меня преследовать

тонкими намеками. Я думала, что он умнее. Он и с Пьером все пикировался.

— Немножко, — проговорила я, не желая рассказывать Саше, что вышло между ними.

— Ты в самом деле нездорова, Лиза. Поезжай домой. Вот и maman... Увезите ее, maman, она больна.

— Что за нежности? — вопросила родительница. — Будет второй котильон. Понюхай чего-нибудь и пройдет.

— Ах, maman, если ей не хочется плясать!..

— Все капризы, и что это у тебя за кавалер был? Какой-то офицеришка. Уж ты лучше бы с гимназистами пускалась. А ехать, так ехать! Где Пьер?

— Он там, в гостиной, — доложила я.

Мы собрались ехать. Я взглянула так на Пьера, что он понял мое желание переговорить с ним, но ничем не отозвался. Булатов, нарочно или нет, вышел в переднюю вместе с нами.

— Bonsoir, mademoiselle, — раскланялся он со мною, не взглянувши даже на меня, сделал "salut oblique" в сторону maman и прошел мимо нас в сени.

Брат двигался за мной, путаясь в своей шинели с бобровым воротником, усталый, тоскливый, болезненно-бледный.

Карета повезла нас со скрипом. Я сидела, прижавшись к углу и глядя неподвижно на белеющее в темноте пятно. Пятно это было лицо Пьера. Во мне копошилось что-то совершенно новое — недовольство собою, почти отвращение от всех этих пустых и злых затей бомонда. Я еще не останавливалась вполне сознательно на том, что может выйти из сцены за ужином. В сердце моем не было еще страха. Я думала о Булатове, но иначе... Меня оскорбляло его поведение — непоследовательное, вздорное, дерзкое, даже глупое! Перебирая в голове все фразы, сказанные им, его улыбки, движения и в особенности тон, я не могла оправдать его не только с светской точки зрения, но и с моей. Мне так жутко еще никогда не бывало.

— Ты совсем не танцевал, Пьер? — прервала maman наше молчание.

Ответа не было.

— Он спит, — шепотом сказала мне maman.

Я нагнулась к нему: закутавшись и уйдя совсем в свой воротник, Пьер почивал сном праведного.

— Спит, — подтвердила я.

— Убил ведь наших-то фрачников. Такой манеры им и во сне не снилось. Княгиня Марья Борисовна так и разливалась в похвалах... Только — для него все это не существует. Beaucoup de morgue, — закончила со вздохом родительница.

Я была поражена сном Пьера и подумала:

"Так ли же спокоен и Булатов?"

— Этот балбес с тобой не танцевал?

Я тотчас же почувствовала, кто — этот "балбес".

— Два тура вальса, — сообщила я.

— Не следовало идти. Горды, горды, а вот тут так нет гонору. После того, как он осмелился вести себя с Пьером, ты ему не дама... Ах, какая ночь!.. Что это Гаврюшка как ползет: верно пьян и распустил нюни; так ли он едет?

— Так, maman, мы уж на Волхонке.

И я нашла дорогу страшно долгой.

У нашего подъезда Пьер очнулся и сказал веселым голосом:

— Bah! J'ai fait un petit somme.

XLIX

Когда maman перекрестила нас на сон грядущий и удалилась к себе, Пьер лениво пожал мне руку; я его удержала, сказавши:

— Мне нужно с тобой переговорить.

— Пожалуйста до завтра, Лиза, — я сплю.

— Нет, умоляю тебя... пять минут!

— Et bien, soit.

И он опустился на диван. Бледное его лицо сливалось с огромным выемом жилета. На лице не значилось ничего, кроме усталости.

— Вы будете драться? — спросила я.

Он выпрямился и быстро взглянул на меня.

— Кто тебе сказал?

— Я слышала.

— Ну, так что ж?..

— Я не хочу этого! Дуэль будет из-за меня. Я ведь заметила, что Булатов сказал мне... положим...

— Une sottise, — добавил Пьер.

— Вовсе нет... Здесь в Москве другой тон...

— Все это прекрасно; но я ничего не могу сделать: он меня вызвал.

— Он тебя?

— Конечно.

Я замолчала.

— Извинись, — не совсем твердо выговорила я.

— Y panses-tu?.. Он, по-моему, очень вредный человек. Если я его убью — будет одним... ambitieux меньше.

— Но ты испортишь свою карьеру.

— Eh! Мои Dieu! — каким-то тоскливым шепотом воскликнул Пьер. — Tout-ça m'est bien égal... Si ce drôle me tue, il fera peut-etre encore miex.

Эта фраза изумила меня: с таким она была выговорена трагизмом скуки и душевной пустоты.

— D'ailleurs, — закончил Пьер, вставая с дивана, — ce n'est pas pour moi que tu trembles, c'est pour... l'autre.

И он поплелся в свою комнату, оставив меня посреди гостиной.

L

Каков бы ни был Булатов, как бы он ни поступил в этом деле, я не могу, я не должна его покидать! Дуэли этой не будет... Она мне открыла глаза. Я знаю теперь, что ноет и щемит у меня на сердце...

КНИГА ВТОРАЯ

I

Я кинулась к Машеньке Анучиной и потребовала от нее, чтоб она послала записку Булатову и попросила его заехать к ним сейчас же.

Она исполнила это без всяких возражений. Это было рано, часу в одиннадцатом утра. Я ждала-ждала, вся измучилась и чуть не вскрикнула, когда Булатов вошел в гостиную. Мы так устроили, что никого лишнего не было. Машенька встретила Булатова в зале и предупредила его, что я желаю его видеть.

Он был бледен. На губах лежала нехорошая улыбка. Глаза неприятно прищуривались. В дверях он остановился. Я подошла и протянула ему руку. Он пожал.

— Вам угодно было... — начал он.

— Да, Булатов, — прервала я (я в первый раз так назвала его, без прибавки этого дикого: monsieur), — мне нужно с вами говорить. Сядьте. Вот моя просьба: вы не будете стреляться с братом.

Он круто повернулся ко мне лицом и хотел точно рассмеяться, но не рассмеялся.

— И только? — спросил он.

— Только; но сделаете ли вы это?

— Не вижу надобности отвечать вам. Мои личные дела никого не касаются!..

— Это не ваше только дело: оно и мое...

— Как же это так?

— Я была причиной и вправе...

Он не дал мне докончить, встал и проговорил своим докторально-едким тоном:

— Ваше вмешательство не может ничего изменить: это — дело между мною и братом вашим.

— Но вызвали его вы!

— Да, я хотел этого и предвидел то, как вы к этому отнесетесь. Угодно ли вам начать "une charge à fond de train" против дуэли? Бесподобно! Я очень хорошо знаю, что дуэль — вещь нелепая, но... меня физиологически тянет подстрелить вашего братца. Это избавит меня от удовольствия встречаться с ним в обществе и производить турниры московского остроумия!..

— Нет, Булатов! — вскричала я. — Я не хочу верить... вы напустили на себя этот сухой, бездушный тон. Вы гораздо лучше, прямее и чище такой пустоты и фразы. Полноте, прислушайтесь, как я вам говорю; перед вами не сестра светского poseur, каким вы считаете Пьера; перед вами женщина, которая не забыла ваших дружеских слов, сказанных так недавно...

Он сделал движение головой и тотчас же, как бы украдкой, взглянул на меня.

— Я не напускал на себя бездушного тона, — ответил он, — но если вы хотите знать, что во мне сидит в настоящий момент, извольте, я вам скажу! Мне опротивел весь этот мирок... Мне нужно с ним покончить как-нибудь погрубее, без рассуждений и декламации... а что ж грубее драки, хотя бы и в шляхетной форме поединка? Я не люблю больше вашей сестры; я имею повод презирать ее, но она остается тут, в этом болоте, где и я пачкаюсь... Извините, я не сдерживаю своих выражений... хотите — слушайте, хотите — нет... Если не разорвать чем-нибудь скандальным, резким, чисто-материальным с вашим "monde", будешь все на полдороге. Во мне говорят, быть может, злость и тщеславие; но эта злость — здоровая злость, и это тщеславие явилось очень кстати. Хотите знать еще больше?.. Вы, вы сами, с вашими идеалами, с вашим порывом к свободе, с вашей Shônseeiigkeit, с вашим желанием примирять и посредничать... вы меня раздражаете быть может больше, чем ваша сестра, брат, beau-frère и tutti quanti. Вы хотели исповеди — вот она!

Он выговорил все это одним залпом. Я хватала на лету его слова и еле успевала чувствовать их смысл и силу. Он заходил по своей привычке взад и вперед. Как только последнее слово слетело с его нервных, покрасневших губ, я очнулась, и мне стало очень хорошо. Я вдруг повеселела.

— Ваша исповедь, — сказала я ему тихо и уверенно, — глубоко порадовала меня.

— Порадовала?! Ха! Ха!

— Да, порадовала. Все это здорово. В вас говорила настоящая страсть. Я вас раздражала, — и это хорошо. Я была скована фальшивой обстановкой. Не ваша вина, что вы ее не отделили вовремя от моей личности. Но теперь мы стоим лицом к лицу. Взгляните мне прямо в глаза, Булатов: они не солгут вам. Я знаю, что вы протянете мне руку.

II

Он исполнил мою просьбу. Глаза его обратились ко мне недоверчиво и с недоумением. Я чувствовала, что на моих были слезы и не хотела сдерживаться...

Булатов потупился и протянул мне руку.

Кризис прошел благополучно. Он только пробормотал:

— Простите, я не понимал вас...

И тут же рука его схватилась за часы.

— Половина первого! — заботливо проговорил он, — я должен быть...

— Куда же? — удержала я его. — Мы еще не кончили. Я знаю, что вы условились с братом; я слышала вчера слова: "demain, à 2 heures". Но если вы верите моему доброму чувству к вам, Булатов, разве я могу успокоиться на том, что вы выделяете меня из этого, как вы выразились, "болота"? Разве я для себя сюда приехала? Знаете, что брат сказал мне вчера, после бала, когда я допрашивала его о дуэли?

— Что?

Я остановилась, но на одну секунду.

— Он сказал мне: "ce n'est pas pour moi que tu trembles, c'est pour l'autre..." И я не протестовала.

Булатов как-то притих. Он не ожидал такой... выходки. Я не смутилась; эта правда не казалась мне в ту минуту ни резкой, ни щекотливой. И как я обрадовалась, когда по лицу его увидела тотчас же, что он принял слова мои лучше, чем я ожидала.

— Вы меня обезоружили, — вымолвил он задушевно и медленно, — но ведь тут замешана не одна моя личность.

— А что же? — спросила я, улыбаясь.

— Социальный протест!..

— Полноте! — вскричала я, — какой тут социальный протест! Вы видите, что я понимаю ваше личное раздражение. Оно мне даже симпатично... Но зачем смешивать его с общим делом? Такая борьба слишком мелка. Вы хотите разорвать с этим мирком... Разве нужны непременно скандал и мелкий задор? Нет, Булатов, мы найдем другой исход...

— Мы? — переспросил он.

— Да, мы... я и вы... То, что я вам сказала раз, то я повторяю и теперь: будьте только последовательнее, не изменяйте только вашему внутреннему, душевному протесту, и мы сумеем поддержать друг друга. А пока — откажитесь от дуэли; напишите, не выходя отсюда, записку Пьеру...

— Извинительную?! Никогда!

— Зачем же извинительную? Вы его вызвали, стало быть вам же можно взять свой вызов и назад.

— Но этот вызов мотивирован. Ваш брат не станет извиняться.

Я взглянула на него с улыбкой и проговорила вполголоса:

— Между нами, вы оба петушились, но виновата во всем я. Когда вы сделали эту... действительно неловкую цитату из Писемского, я сказала шепотом брату: "Он забывается" — это и подлило масла в огонь.

— Да, но так все-таки не разрешается дело!..

— Если я виновата, мне и просить прощенья. Я его и прошу...

Я протянула ему руку и опустила нарочно ресницы, придав лицу комически-просительное выражение.

Булатов рассмеялся.

— Прощаете? — проговорила я униженным тоном.

— Прощаю! — радостно ответил он и... наклонившись, поцеловал мне руку.

Я сейчас же подложила ему листок почтовой бумаги и шутливо-повелительным жестом приказала писать.

Он повиновался безмолвно. Записка была написана и тотчас же отправлена. Я двинулась домой, чтобы видеть, какой она произведет эффект. Булатов сказал мне при Машеньке (она совсем утешилась), когда я уже надевала шубу:

— Maman была бы очень рада вас видеть у нас.

Я поняла и обрадовалась, что он так умно и мило устранил неудобства наших будущих встреч у Машеньки.

III

В половине второго я уже была дома и ждала, как поведет себя Пьер.

Maman уехала с визитами. Я поместилась в гостиной. Брат, как только получил записку, вышел из своей комнаты.

— Votre heros est uniache, — сказал он мне, подавая записку, — ou plutôt un gamin.

Я вся так и вспыхнула. Говорить Пьеру, что эта записка почти продиктована мною, — я не могла. Я пробежала ее и, отдавая назад, проговорила:

— Он одумался, вот и все. Он гораздо добрее и умнее...

— Меня? — добавил Пьер. — Может быть. И parait que tu le "gobes".

— Пьер, — остановила я его, — нельзя ли не употреблять, говоря обо мне, таких выражений. Ты ведь любил учить всех тонкостям тона. Прежде всего — я женщина, а потом уже сестра твоя. А ты прежде всего "обычаев блестящих наблюдатель", а щеголяешь словами истого voyou!..

— Parafait, parfait! — озлился братец, — все это очень смешно... ужасно спешно... Вы все здесь какие-то полуумные и дурновоспитанные дети. И каким ты языком выражаешься?!. "Обычаев блестящих наблюдатель"! Qu'est ce? Откуда это?

— Я не виновата, что ты так малограмотен...

— Parfait! Отныне я прекращаю с вами, Лизавета Павловна, всякие разговоры. Quand on devient méchante — 1'on se marie!

Эту фразу услыхала вошедшая родительница, которая разумеется пожелала узнать, в чем дело, и Пьер с равнодушием барской скуки рассказал в сатирическом вкусе свою ссору с Булатовым и показал ей записку.

— Gamin et lâche! — повторила она слова Пьера и тотчас же обратила гневные очи ко мне. — Вы прекратите с ним всякие разговоры и перестанете ему кланяться!

Этот приказ отдан был в мою сторону. Я ничего не ответила.

— Слышите! — повторила maman, — такого скверного мальчишку надо выгнать из добрых семей!.. Пьер, по своей деликатности, мне не все рассказывает: я это вижу. Тут наверно была какая-нибудь дерзость или неприличность, a notre adresse. Я не хочу допытываться... Je n'approfondis раз la question. Мне довольно и того, что этот мальчишка затеял... стреляться... и с кем?.. Да как ты мне утром не сказал ничего? Ты предвидел, что он струсит. А то бы я сейчас же отправилась к обер-полицмейстеру. Мы бы задали ему дуэль!.. И всем этим мы должны быть благодарны нашей многоученой и многоумной Лизавете Павловне... Прекрасно! Вот и дождались скандала! Вот и сделались теперь притчей... La fable de la ville... И я умываю руки! И мне будет, напротив, приятно! Это проучит вас... Просидите еще лет пять в старых девках! Как же иначе? Рассудите сами. Всякий будет знать, что из-за вас сорванцы стреляются!

Et patati et patata!..

И родительница не успокоилась до обеда. В ее воображении одна фраза, немеющая никакого raison d'etre, вызывала другую, совсем не сродную с первой. И что всего забавнее, ей нестерпимо хотелось, чтобы тут был кто-нибудь посторонний. Она лихорадочно ждала вечера, чтобы отправиться к одной из своих институтских подруг — престарелой деве и излить ей всю материнскую горечь, прекрасно зная, что эта дева завтра же пустит стоустную молву, с прихода Спиридония в Огородниках до прихода Старого Вознесенья, и в этих сплетнях имя ее дочери, которой она предсказывала перспективу девичества из-за злоязычных толков, будет звенеть с чудовищными прикрасами.

Меня пускай растирают хоть в порошок; но что ждет Булатова?

IV

Узнала об "истории" и сестра. Она сейчас же пристала к семейному хору. Она также объявила Булатова и "lâche" и "gamin". Ее недавнее чувство обратилось в барское раздражение, которое она собирается расходовать мелкими дозами. Когда Саша захочет кого-нибудь преследовать своим злоязычием, у ней являются необыкновенные ресурсы. И супруг ее (с ним она теперь в больших ладах) участвует в "confidence". Он на седьмом небе!..

История облетела уже всю Москву. Родительница может быть довольна! Вчера, в концерте, одна из наших "cocodèttes", живучая в разводе с мужем, сделала мне тонкий намек на "геройство" Булатова, в присутствии maman. И что всего милее, — maman радуется этому сплетничеству; она наслаждается уроком, который я получаю от общества.

Урок? Но за что же? И не должно ли ее материнское чувство страдать от перспективы моего вечного девичества? Ведь я сделалась притчей, "la fable de la ville"?..

Нет! тут вовсе не во мне дело. Я — простой аксессуар. Злословие обращено на Булатова: он — главная цель. Все, что таилось в самолюбиях и тщеславиях, которые он раздражал всплыло теперь наружу. Вот это-то и убеждает меня, что он человек "не от сего мира", т. е. не от мира моей сестрицы, братца, маменьки и милейшего beau-frère'a. Он несет еще на себе обузу наследственных мелочей и сословной суеты, но он враг нашего "штукатуренного" high-life, вышедший из "недр" его.

V

Мне показалось, что я в порыве женского великодушия обозвала себя "виноватой" в истории Пьера с Булатовым. Но я в самом деле — виноватая. Булатов слишком скоро поддался моему хотя бы и искреннему слову, — и тотчас же его опутала неблаговидная сплетня. Нечего смягчать факта: сплетня — неблаговидна. Никто не знает, почему и как он отказался от своего вызова. Во всех кружках и мирках, где теперь толкуют об этом, его называют если не трусом, то задорным мальчишкой. И выходит, что слова "lâche" и "gamin", произнесенные моим братцем, делаются общим приговором.

Как Булатов ни свеж умом, как ни выше стоит он того, что мы с ним так легко называем "предрассудками", но он не стоик: ему надо жить "на миру", он дорожит своей дорогой, ему необходим кредит и уважение. Ему придется очень, очень жутко в первое время борьбы, если он действительно решился жить иначе, чем жил до сегодня.

Я должна вознаградить его за все, что он испытает едкого, опутанные дешевым злоязычием и злорадством всех пошленьких инстинктов, которые копошатся в благоприятелях "нахального мальчишки". Он сам еще не знает теперь, как много он мне принес в жертву этим послушным исполнением моей просьбы. И в нем далеко не улеглось здоровое желание вырваться из "бомонда" чем-нибудь резким, грубым, материальным, где бы молодая страсть могла выразить без обиняков свое отвращение.

Да, теперь ему нет возврата. И мне не стыдно сознаться, что я рада клевете и злоязычию!..

VI

Домашняя тактика получила новый оборот.

Я назначила сегодняшний день для моего маленького "coup d'état". Утром, без всяких прелиминарий, я говорю maman:

— Ты не думаешь сделать визит матери Булатова?

Родительница воспрянула.

— Вы издеваться надо мной изволите? Я поеду к ней, после того как этот мальчишка...

— Позволь, maman, — остановила я, — что бы этот мальчишка ни наделал, его мать не отвечает за его поступки. Она была у тебя. Ты так строго наблюдаешь светские приличия... на каком же основании хочешь ты манкировать ей? Она, ты сама это мне говорила, выказала тебе столько внимания и любезности. И потом, — история Пьера с ее сыном слишком разнеслась по городу, я уж не знаю по чьей милости... Разве тебе особенно хочется, чтобы дочь твоя действительно сделалась la fable de la ville?

— Совсем мне не хочется! Вы сами виноваты!..

— Если я в чем-нибудь виновата, maman, то уж никак не в сплетнях, к которым приплетут, разумеется, и твое имя. Мне кажется, что ты поступишь с большим тактом, отдавши визит матери Булатова. Это вовсе не обязывает тебя к дальнейшему знакомству. Зачем же беспричинно оскорблять ее? Она и без того, вероятно, смущена всеми глупыми толками.

VII

Maman задумалась. Мой тон как будто смутил ее. Пройдясь взад и вперед по комнате, она отрезала:

— Нет, я не поеду!

Я промолчала и кротким голосом сказала, вопросительно взглянув на нее:

— Если тебе неприятно или неловко, я могу сделать за тебя визит.

Предложение сначала понравилось maman; но с ней никогда нельзя ручаться за прочность впечатления.

— Что это еще за выдумка? Чтобы говорили потом, что вы меня учите такту! Да и нет никакого резона девушке выезжать одной, делать визиты пожилой женщине, без матери.

— Ты можешь быть нездорова...

— Глупости! — слышать об этом не хочу!

Второй период начался дурно. Зная натуру моей родительницы, т. е. бесполезность уговариваний, я приступила к объявлению моего ultimatum.

— Так ты решительно не поедешь, maman? — спросила я тихо, но очень твердо.

— Нет, нет и нет!..

— Позволь же мне заняться немножко моими личными делами. Видя, что ты не отдаешь ей визита, мать Булатова может подумать, что ты и я считаем ее сына виноватым, что мы оскорблены толками и слухами. Думай и возмущайся как тебе угодно; но я не хочу таких недоразумений, Я должна показать матери Булатова, что ее сын в моих глазах — ни в чем не виноват; я должна оказать ей больше внимания, чем я бы это сделала во всякое другое время. Вот, maman, мое желание, и я надеюсь, что ты отнесешься к нему просто и терпимо.

Эта тирада озадачила maman. Она начала даже тереть себе правый висок.

— Вы все еще шутить изволите, Лизавета Павловна? — спросила она после порядочной паузы.

— Нет, maman, то, что я сказала — очень серьезно.

— То есть это значит, вы мне приказания отдаете?

— Нисколько. Я говорю о себе.

— О себе, о себе!.. Но кто ты? Опомнись! Ты точно, право, полуумная!.. Кто ты? — спрашиваю. Разве ты можешь так распоряжаться собой и так разговаривать с матерью?! Mais c'est à mourir de rire!.. Ma parole!..

— Maman, — начала я голосом, которого родительница еще не слыхала, — напрасно ты выходишь из себя. Я именно и желала знать, позволяешь ли ты мне распоряжаться собою настолько, чтобы сделать визит женщине, которую нет никакой причины оскорблять?

— Но тебе-то до этого какое дело, скажи на милость! И с какой стати ты к ней поедешь? Ты ее в глаза не видала.

— Это уже мое дело, maman. Но по светским приличиям, которые ты так строго соблюдаешь, в моем визите не будет ничего ни странного, ни особенно смелого.

— Но коли я прекращаю с ней знакомство...

— Это дело твоей совести. Ты не можешь привести ни одного довода, который бы убедил меня. И позволь мне, maman, следовать в серьезных вещах моим убеждениям.

— Mais c'est une infamie!

— Может быть; но так надо поступить, и я так сделаю.

— Тебе просто хочется ménager des tete à tete с этим негодяем; а я этого не допущу!..

Родительница почувствовала наконец, что в моем тоне и во всем моем "maintien" явилось нечто совершенно новое. Ее гневные возгласы отскакивали от меня, не вызывая ни малейшего впечатления.

Я встала и подошла к ней. Она стояла посреди комнаты.

— Ты видишь, maman, — сказала я, — что я вышла из детского возраста. До сих пор я уступала тебе во всем; поверь, что немного дочерей имели бы мою выдержку и уступчивость. И я надеюсь, что ты не доведешь меня...

— До чего?! — прервала maman глухо.

— До необходимости раньше расстаться с тобой, чем бы я хотела. Это не угроза, maman; но ты настолько меня знаешь... я на ветер ничего не говорю. Запирать меня ты не станешь: это уже больше не в нравах, а насиловать мою совесть я не могу позволить ни тебе, ни кому на свете!..

Родительница вдруг ударилась в слезы. Слезы перешли, разумеется, в истерику. Мне было ее жаль: мой ultimatum явился слишком неожиданно для нее; но он был необходим именно в эту минуту.

— Бегайте, рыскайте по городу, — заговорила maman, всхлипывая, когда нервы поуспокоились, — срамите мать, делайте скандалы! Я умываю руки!..

На всхлипывания пришел Пьер. Maman тотчас же встрепенулась и кинулась передавать ему, по-своему, содержание наших дебатов.

Пьер выслушал все с некоторым участием к матери. Он даже взял ее за руку. Это движение мне очень понравилось.

— Dis, Piere! — вскрикнула maman, — si je suis malheureuse, avec cette fille!..

Пьер боком взглянул на меня, и его белые губы выговорили:

— Il n'y a pas de quoi se faire du mauvais sang, ma mère... Elle a raison...

— Как так?!

— Pour couper court aux cancans, il faudrait que vous fassiez uue visite à cette dame.

Родительница присмирела.

— Et puis, — добавил Пьер, — si vous n'y allez pas, elle est capable de faire un coup de tete.

И он указал на меня кивком головы.

Родительница совсем опустилась.

VIII

Надо было видеть maman, когда она на другой день объявила мне, что мы поедем к Булатовой. Она всю ночь об этом думала (это было заметно по ее лицу) и пришла к заключению, что надо меня взять, а то я сделаю "un coup de tete". Какой? Этого она себе не выяснила; да и братец вряд ли додумался!

Мы подъехали к дому Булатовых в третьем часу. В карете maman кидала мне такие фразы:

— Этот визит будет первый и последний!

— Через неделю я вас увезу в деревню!

— Если вы только осмелитесь при мне с ним любезничать!

— Пьер — одно мое утешение!

— Вы потеряли всякий стыд!

— Я задохнусь! Я не высижу там двух минут!..

IX

Мы прошли небольшой залой с роялем и вступили в продолговатую гостиную, очень скромно отделанную. Из угловой комнаты показалась женщина лет под пятьдесят, с седыми локонами, маленького роста, пухленькая, со свежим цветом лица и довольно крупными чертами. Ее карие глазки, полные губки и ямочки на щеках — все это дышало добродушием и некоторою робостью. На ней было надето лиловое шелковое платье и небольшой чепчик из черного кружева.

Maman церемонно пожала ей руку и представила меня. Булатова улыбнулась во весь рот, взглянувши в мою сторону. Она взяла мою руку обеими руками, и мне показалось даже, точно будто она немножко покраснела.

— Как я рада, — выговорила она картавым, нежным голосом, подводя меня к креслу, и не села сама прежде, чем мы не поместились.

Меня сразу потянуло к этой молодой старушке, от которой так и пахнуло на меня довольством и мягкостью — двумя вещами, отсутствующими у нашего "очага". Я почему-то сразу догадалась, что Булатова не знает об "истории". Разговор ее с maman убедил меня в этом окончательно.

— Я так рада, — сказала она, глядя и на maman, и на меня, — что мой Сережа бывает у вас. Он отстает от света со своей адвокатурой... А мне бы этого не хотелось...

— У него такая clientèle! — заметила кисло-сладким голосом maman.

— Ах, уж и не говорите! — отозвалась с живостью Булатова, и ее губки распустились в добрую мину полупритворного недовольства. — Вы не поверите: что это за ярмарка каждый день, с раннего утра. Сережа, по-моему, набирает слишком много дел. Надо бы, мне кажется, и отдохнуть, и почитать, и побыть в другом обществе. Я ему говорю: ты совсем очерствел с твоими приказными да гостинодворцами! Ведь не в том только счастье, чтобы защищать как можно больше, это — не ремесло...

Как она мне нравилась, произнося этот материнский обличительный спич, где чувствовалось столько любви, заботы и здравого смысла.

— Правду ли я говорю? — обратилась она вдруг ко мне, и ласковые ее глаза заискрились.

— О, да! — вырвалось у меня так искренно, что maman кинула на меня многозначительный "regard oblique".

— Так что вы и не видите вашего сына целые дни? — спросила она у Булатовой.

— Целые дни; встает он поздненько; для такого дельца (она при этом мило усмехнулась) надо бы — пораньше. Бедные просители ждут-ждут, заберутся часу с восьмого. Сережа наскоро переговорит кое с кем, иногда не забежит и ко мне, торопится в суд и защищает там до вечера; обедает очень редко дома, а вечера проводит Бог знает как: в балете, в клубе, со своими судейскими приятелями...

Булатова остановилась, перевела дух, покачала головой и опять заговорила. Голосок ее переливался, точно какой клубочек, и, слушая, не хотелось вовсе прерывать ее. Видно было также, что ей очень приятен разговор о сыне и что она будто пользуется редким случаем поболтать о таком задушевном предмете.

— Вы, стало быть, все одни? — заметила сухо maman.

— Да, — ответила Булатова с добродушным вздохом. — Сережа ведь такой характерный. Сам со мною не сидит, а знакомых моих разогнал.

— Как разогнал? — переспросила я.

Булатова прищурилась на меня и, протянувши мне свою пухленькую ручку, повторила с особым, ей принадлежащим, юмором:

— Разогнал! Вы его немножко знаете. Он не умеет ведь сдерживать своих мыслей! Молодость!.. Да и не одна молодость!.. Заносчив!.. Я уже немало сокрушалась. Все не по нем. Вот придет этак на пять минут и всем неприятностей наговорит. И потом начнет мне лекцию читать: помилуй, maman, какой у тебя бывает народ! Этот глуп, та — старая модница, третий — скучен, четвертый... как это он все выражается?.. да, реакционер! Ну, и разогнал.

И Булатова рассмеялась заразительным, почти детским смехом. Я бы ее расцеловала.

Родительница показала мне глазами: "Что-де это за бестактные излияния".

— Вы мне позволите, — сказала я, — завертывать к вам запросто, вечерком?

Око родительское бросило на меня поражающий взгляд, но было уже поздно. Булатова опять улыбнулась во весь рот и пожала мне руку с самой сообщительной радостью. Она было поглядела в сторону maman, как бы желая узнать, как ей принять мои слова; но тотчас же обернулась опять ко мне.

— Ах, как вы меня утешили! Только вам будет со мною тоскливо. Я в эти два года совсем точно похоронила себя. До меня мало доходит, что говорится и делается в городе. А с тех пор, как Сережа стал пугать моих старых знакомых — я и совсем как в скиту. Мне бы так хотелось, — продолжала она, взявши меня за руку, — поближе сойтись с вами. Я так наслышана... И это совсем не светская фраза... Я и разучилась делать их... Из наших московских девиц вы у нас, говорят, первый номер! Да, не скромничайте... Знаете, глас народа — глас Божий.

У всякой другой, даже пожилой женщины, такая похвала, выговоренная в упор, вышла бы неловкой, банальной; а у ней комплимент звучал желанием сразу высказать все доброе и приятное, что только она знала.

Maman прикусила губу. Ее материнское самолюбие было удовлетворено; но ей очень не нравилась эта симпатия Булатовой ко мне и тон, в котором она видела наше скорое сближение. Не будь это мать ненавистного ей "нахала", — о! она бы ответила цветистыми сентенциями о многоумии и учености нынешних девиц, с прозрачными намеками, что бывает всегда, когда maman не в модном салоне, а у простых и добродушных людей, вроде Булатовой.

— Пожалуйста не сглазьте! — выговорила она и глазами показала мне, что пора прощаться.

— О, нет, — громко вздохнула Булатова. — И я так довольна, что вы нашли моего Сережу приличным. Право, он скоро будет ни на что не похож... Только он уже не шокировал ли вас чем-нибудь? — спросила она, пододвигаясь к maman. — Я так этого боюсь!

Я сделала головой и всей моей фигурой успокоительное движение, а maman процедила сквозь зубы:

— Quelle idée...

— И пожалуйста, — продолжала Булатова, — вы ему при случае намыльте хорошенько голову. Я вам буду так благодарна... Надо давать ему щелчки... Это полезно. Голова-то у него прекрасная. Всякий урок пойдет ему впрок.

Maman встала. Я простилась с Булатовой, точно будто мы были знакомы десятки лет.

— Смотрите же, — говорила она мне вполголоса в дверях передней, — не забудьте меня; хоть я и знаю, что со мной вам придется скучать, зато мне будет весело; я от вас наслушаюсь столько новых вещей... Мой Сережа учен и говорит везде, только не у меня в гостиной.

Я два раза пожала ей руку и сказала:

— Поклонитесь вашему "fils prodigue"!

X

Потекли негодующие потоки из уст родительницы на обратном пути от Булатовой.

— Она просто — полудура! — вскричала maman, пожимаясь в разных направлениях. — Кто этак болтает о своем сыне? И что за бестактность! Да и нахальство какое!..

— Нахальство? — повторила я с удивлением.

— Разумеется!.. Что это за умильные взгляды она кидала на вас, говоря о своем Сереже? Этак только купчихи сватают своих деток. И вы тоже, куда как милы!.. A-t-on jamais vu!.. При мне чуть не кидаться ей на шею и расспрашивать об ее сыне, точно вы невеста его. Il ne manquerait plus que cela... Но я не желаю, чтобы вы ездили к ней запросто. Виню себя в том, что послушалась Пьера и поехала отдавать этот глупый визит... Но вы отложите попечение... слышите?!

Возражений maman от меня не дождалась и проговорила еще несколько монологов в том же вкусе.

XI

Как я рада тому, что Булатова такое именно существо. Мне горько было сознать весь контраст между ею и моей матерью; но это — "eine alte Geschichte" и ее никакими сожалениями не поправишь. Maman искренно вознегодовала на нее. Она должна была возмутиться всем, что привлекает к розовой старушке, — и тоном, и наивностью, и словоохотливостию, и простотой нежного чувства к сыну. Она не ослеплена им... О, нет! Но сколько доброго юмора и нежной заботы в ее замечаниях!.. Потому-то она и может так свободно говорить о сыне с незнакомыми. Она даже не чувствовала, как maman враждебно настроена и как ее откровенность была "бестактна" в глазах ее гостьи.

Может быть сын ее и рассказывал ей что-нибудь про меня, но я не думаю, чтобы он меня расхваливал. Она меня нашла проще, чем ожидала; я это сейчас же заметила, и мы взглядами понимали друг друга.

Я очень, очень рада!.. Вижу, что в ее доме у меня будет теплый уголок. Ее присутствие упростит все, что было бы лживого в наших встречах с Булатовым у Машеньки Анучиной. Но как это странно, что он никогда не говорил мне про свою мать?.. И то сказать: когда же? Мы ведь в сущности знакомы, как говорится, "без году неделю". Я еще не могу заглазно определить, как он живет с своей матерью, какой между ними тон, что она для него... Из ее слов уже видно, что он слишком оставляет ее одну. Это — нехорошо. Подожду осуждать его. Ведь со стороны детские чувства так легко разбирать по прописной морали!.. Если ему захочется меня видеть — он завернет и в гостиную матери; а там уже наше дело попридержать его. За одно я ручаюсь: их отношения должны быть так же добродушны, как все существо Булатовой. Наверно у них чаще раздается смех, чем у нас. В их домике я забуду, что мне уже скоро стукнет 21 год, и постараюсь хоть немного отойти назад и подышать воздухом довольства, доброты, искренности, молодых надежд сына и такой же молодой игривости его милой старушки!

XII

Утром мне приносят в комнату письмо с городской почты.

Первая записка от Булатова! Почерк связный, крупный, с росчерками, — похож на того, кто писал.

"Вы были у maman и хотели приехать посидеть запросто. Буду ли я знать когда? Разные Дон-Базили уже пустили милые слухи на мой счет. Это — не упрек. Но почему же мне и не сообщить вам этого? Я не раскаиваюсь ни в чем и крепко жму вашу руку".

Вот — записка. Она порадовала меня, хотя... (это противное "хотя" всегда у меня замешается: вот что значит жить слишком много с самой собой постоянно рассуждать). Что же хотя? А то, что он волнуется толками московских Базилей. Это ясно, как божий день.

Э! беда небольшая. Даже вовсе нет никакой беды. Он не был бы живым человеком, если б не волновался. В двадцать три года и в такой сфере, где он родился и вырос, мудрецами в одно мгновение не делаются.

Записка Булатова вызвала очень важный вопрос "внутренней политики". Maman уже более двух лет терпит свободу моей корреспонденции, но ей случалось кое-когда распечатывать письма, приходящие на мое имя; у нас были по этому поводу дипломатические переговоры, и в сущности я ничем не ограждена от внезапного контроля. До сих пор те письма, которые maman распечатывала, были от приятельниц. Теперь — другое дело. Я никак не хочу, чтобы записка Булатова, как бы она ни была невинна, попала в ее руки и вызвала одну из прелестных сцен... Я не хочу, чтобы мои отношения к этому человеку были опошляемы всеми этими дрязгами.

Объявлять maman, что я получила записку от Булатова, нет никакой надобности; да у меня нет на это и права: пишет он, а не я. Сказать ей, что я вступаю с ним в переписку — тоже лишнее, потому что я переписываться не буду без самой крайней необходимости. Но не желаю я также и играть "в прятки" и дрожать из-за всякого клочка бумаги. Надо подготовить maman к второму ultimatum и выгородить себе фактически полнейшую возможность видеться с матерью Булатова когда мне угодно, не нарушая ничем приличий, т. е. обезоруживая родительницу на капитальном пункте.

Не скрываю, мне приятно было получить эти несколько строк, написанных рукою Булатова; но (опять но, такое же, как и хотя). Но... нет ли в этой записке селадонской привычки переписываться тайком с девицами? Боюсь, что есть... Рассказ Машеньки Анучиной до сих пор еще свеж в моей памяти.

И опять повторяю: что за беда?.. Это одна из дурных привычек; надо его отучить от нее. Будем видеться часто, изгоним из наших сношений всякую рисовку и весь букет сантиментальнаго вздору. Обойдемся и без записок.

Но ведь он просит уведомить: когда я буду у его матери... вот над чем задумалась... Когда соберусь — напишу Булатовой, а он спросит, коли захочет.

Да и розовая старушка сейчас же ему скажет. Может быть это не скромно, но мне кажется, что я сделала ее победу.

XIII

Я сначала написала записку Булатовой, где говорю, что буду у ней послезавтра, а потом отправилась на объяснение к maman.

Она, взглянув на меня, сейчас же спросила:

— Вы опять пришли мне приказания отдавать?

— Нет, maman, доложить тебе...

— О чем это?

— Мы с тобой расходимся во вкусах: ты нашла Булатову бестактной и неприличной, а мне она очень нравится и я хотела бы поближе сойтись с ней.

— Я так и знала!.. Ведь я вам, кажется, объявила раз, что я этого не желаю... что же мне остается делать: запирать вас? Вы и теперь ездите, куда вам угодно... Зачем же вы у меня спрашиваетесь?

— Maman, это такая простая вещь — знакомство с

пожилой женщиной, и тебе странно было бы требовать, чтоб я испрашивала особое позволение. Я потому только тебе докладываю, что тут замешана личность, которая сделалась так антипатична... всем вам.

— Кому это — вам?

— Тебе, брату, сестре, ее мужу — т. е. всем вам.

— Ну-с?..

— Больше ничего; я прошу тебя не волноваться.

— Но я не хочу, чтобы вы назначали свидания этому шенапану у его полудуры-матери...

— Послушай, maman, — заговорила я тоном, который начинает озадачивать родительницу, — согласись, что я не из сантиментальных девочек, и до сих пор ты не имела ни малейшего повода упрекать меня в каком-нибудь увлечении...

— Ну, так что ж?

— Стало быть, чего же ты боишься? Что я влюблюсь в Булатова? Если он пустой и дурной человек — я его рассмотрю и, поверь, не увлекусь зря. Тебе он теперь не нравится... Мать его в этом не виновата и пред тобой лично ни в чем не провинилась. Не езди к ней; только не делай закона из твоей "rancune". Вот все, что я хотела тебе доложить.

— Но вы прислушайтесь, что уже про вас говорят!..

Я пристально взглянула на maman и прибавила к этому взгляду:

— Никто не знал про историю Пьера с Булатовым, и если она разнеслась по городу... ты сама этого желала.

— Я?!.. Ха! ха!..

— Конечно ты, maman... Ты и сестра... больше некому было рассказывать.

— Mais c'est d'une impudence!

— Ошибаюсь, тем лучше: значит, никто ничего не знает...

Maman думала было опять пуститься в слезы, но удержалась. Она сделала вдруг преогорченное лицо и ушла из своего кабинета... к Пьеру. Их конференция длилась слишком час. Брат избавил меня от диалога: он остается верен своему нежеланию входить со мною в какие бы то ни было объяснения.

Обед прошел в молчании. Я чувствую, что мой штат завоевывает себе федеральную самостоятельность ценою самых уксусных отношений.

Разве я на это не шла?

XIV

Чтобы "игнорировать" мои вечерний визит Булатовой, о котором maman догадалась каким-то наитием, она уехала к приятельнице — престарелой деве и прислала назад экипаж.

Меня встретили у Булатовых в передней. Сергей Петрович (так его зовут полным именем) подал мне руку на самом пороге залы. Он совершенно не такой дома, как в свете: даже улыбка у него меняется. С матерью он держится шутливого тона, почти насмешливого, но без всякой ядовитости. Не скажу, чтобы эта манера мне особенно нравилась; но зато с первой же минуты с ними обоими становится ловко, по-домашнему.

Анна Павловна (так зовут Булатову) говорит мне, указывая на сына:

— Вам обязана, друг мой, (она с первых слов уже так называла меня), что Сережа проводит вечер дома.

Фраза была так искренно сказана, что мне не сделалось неловко. Сергей Петровичу, кажется, взглянул на мать.

— Ты уже жаловалась, maman? — спросил он ее, нахмурив комически брови.

— Жаловалась...

— Не одобряю!

— Почему же? — вмешалась я.

— Показание дано без должной отчетливости. С тобой, maman, я готов посидеть...

— Раз в две недели...

— Ну, положим, что и так; но все-таки готов... Не желаю только обретаться в сообществе разных "huitres".

— Сережа!..

— Спрос окольных людей не противоречит моему показанию...

И так они перешучивались еще несколько минут.

— Вы у нас посидите по-московски? — обратился Сергей Петрович ко мне.

— Т. е. как это по-московски?

— Так, часика два-три.

— Разумеется, — решила Анна Павловна.

Ну, так я удаляюсь на полчаса поработать, а вы тем временем поговорите с maman о взаимных чувствах.

— Куда как мил! — стыдила его Анна Павловна. — Нечего сказать...

— Да тебе хочется говорить обо мне! Я ведь вижу.

Он взял ее за руку, и в то время, как он целовал, пухлая ручка Анны Павловны теребила его за ухо.

— Какой фат!.. Батюшки мои, какой фат!.. Не слушайте вы его, ради Бога, друг мой.

На меня он взглянул скромным и светлым взглядом и выбежал из угловой комнаты, где сидели.

Он не ошибся: мать тотчас же начала мне говорить о нем. Впервые я попадала на русскую барыню, которая бы с таким заразительным добродушием, с такой милой простотой говорила о своем "детеныше". В каких-нибудь полчаса Анна Павловна рассказала мне "историю развития" своего Сережи: какой он был с детства бойкий мальчик и как он внушал ей всегда опасения насчет своей будущности.

— Попросту вам скажу, друг мой, не думала я никак, что из него выйдет такой адвокат. Мне и теперь как-то не верится, что он сам себе составил имя и так пошел в гору. У меня даже до вас маленькая просьба будет...

— Какая, Анна Павловна? Говорите!

— А вот какая... Очень бы мне хотелось знать, как себя ведет на суде мой Сережа; вы понимаете: скромно ли, так ли, чтобы добрые люди не осудили его?.. Мне самой не собраться... И тяжела я стала на подъем чрезвычайно, да, признаюсь, и не совладала бы с собой. Начнет он вдруг говорить... Большое бы я почувствовала волнение... Посторонний человек все это лучше обсмотрит. Немало уж я наслышалась всяких похвал талантам Сережи. И не то, чтоб я им не верила... Но мои близкие знакомые не скажут мне всей подноготной. Они думают, что я ужасть как ослеплена на его счет, а это, ей-богу, неправда. Вы у нас такая умница...

Я остановила Анну Павловну движением руки и поторопилась заметить:

— Вы мне хотите дать очень трудную роль...

— Боже меня избави вас беспокоить! Когда вам вздумается... с maman, что ли... поехать, если интересный какой процесс... Подумайте обо мне, слушая Сережу, и скажите ваше мнение, как бы вы ему и сами в глаза объявили. Я ведь знаю и вижу, что у вас достанет смелости.

И она так ласково смотрела мне в глаза, что я протянула ей губы и мы поцеловались. С другой женщиной со мной ничего бы подобного не случилось.

— Зачем вы меня об этом просили, Анна Павловна? Это меня поставит в неловкое положение к Сергею Петровичу.

— И-и, мой друг! Что это у вас, я погляжу, у молодых за тонкости! Какое неловкое положение? Разве я вас шпионом посылаю? Мне дорого ваше мнение — вот и все!..

Я была обезоружена.

XV

Булатов застал нас большими друзьями. Шуточки его с матерью продолжались. Подали самовар; Анна Павловна, сидя на диване, стала с особенной домовитостью разливать чай. Я сидела в боковом кресле. Сергей. Петрович поместился около меня, на низеньком табурете, так что лицо его было закрыто самоваром. Анна Павловна перекидывалась с нами веселыми фразами, но вовсе не старалась прислушиваться "родительским ухом" к нашему à parte.

— Вы к нам будете ездить? — спрашивает он меня, нагнувши голову.

— Буду, и очень часто.

— Не верится...

— Почему же? Здесь мне нравится... Вы видите, как мы сошлись с вашей maman!

— Обо мне была речь обильная?

— Меньше, чем вы думаете.

— Видел сегодня вашу сестру.

— Где?

— На Кузнецком.

— Что же?

— Никаких рефлексов!

— Чего?

— Никаких рефлексов по части сантиментов...

Он рассмеялся и, тотчас же сделавшись серьезным, прибавил вполголоса:

— Право, уверяю вас, я выздоровел.

— Посмотрим, — ответила я.

— Но злость не улеглась.

— На что же?

— На весь штукатуренный бонтон. Хотя глас высшего цивизма и говорит мне устами Маломальского: "оставь втуне — пренебреги", но я все-таки злобствую... и прошу вас оного чувствия не врачевать преждевременным елеем.

— Я?.. по какому праву?

— По праву сильного!

— Не понимаю.

— Унижение — паче гордости: вы меня переселили... "И разлюбезное дело"... Что это со мной нынче?! Только и дела делаю, что датирую изречения героев Островского!

— Это значит, вы не нашли еще тона...

— Правда!..

Он быстро взглянул на меня и с комической интонацией выговорил:

— Дайте вздохнуть!

Я рассмеялась. Анна Павловна, отдавая чашку, сказала мне:

— И все-то паясничает! И это, друг мой, защитник!.. Никогда я этому не поверю... Как-то приносят мне "Московские Ведомости". Прочтите, говорят, Анна Павловна, как ваш сынок отличился... Начала я читать... И что же бы вы думали, мой чадушка-то изволил накуролесить? Из Гоголя целыми тирадами начал смешить всю компанию! И как его не вывели, ума не приложу!.. Это он в окружном суде комедию разыгрывал. И ведь что всего милее: выиграл дело... прибежал ко мне... (я еще в тот день не знала, как он их там Гоголем-то увещевал) прибежал в большой радости... maman, кричит, я пять тысяч заработал!..

Анна Павловна произнесла последние слова так, что во мне они возбудили недоумение, — была ли эта подробность о деньгах сказана просто или с задней мыслью. Я невольно взглянула на Булатова. Мне показалось, что он потупился.

— Ты знаешь, maman, — начал он, — через неделю у меня очень крупное дело...

— Опять с Гоголем?

— Нет, уголовное.

Анна Павловна незаметно переглянулась со мной.

— Мать моя, — обратился он ко мне, — до сих пор не удостаивает меня посещением в суд.

— Вас это задевает?

— Не особенно; но для родительского чувства было бы...

— А вы каждый раз рассчитываете на успех?

— Успех — ничего не значит, но...

— Видите ли, — вмешалась Анна Павловна, — в красноречии своем мы так уверены, что слушать нас каждому должно быть сладко, особливо матери!.. Ах, Сережа, какой ты стал негодный хвастунишка!.. Хоть бы разок тебя порядком обрезали!

И Анна Павловна точно всерьез надула свои пухлые губки.

— Вас я не приглашаю, — сказал мне Булатов.

— Почему же?

— После Европы какая же радость слушать нашу доморощенную диалектику!

— Если процесс интересен — приеду.

— Зачем вы сказали? — шептала мне Анна Павловна. — Он нарочно подготовится.

XVI

У нас не было в этот вечер никаких разговоров "в углах", как выражается maman. Мне приятно было чувствовать, что в наши задушевные отношения не закрадывалось ничего, похожего на сантиментальную тревожность, которая всегда так смешит меня, когда я гляжу на нее со стороны.

Булатов не знал, поеду ли я слушать его в окружной суд. Мне бы давно пора туда. Человека тогда только и оценишь хорошенько, когда он перед вами занимается своим ремеслом. Я употребляю это слово без всякой задней мысли. Я не хочу смотреть восторженными глазами на то, чего вовсе не следует окружать ореолом. Это такой же "хлеб насущный", как и всякая другая профессия. Мне было бы только прискорбно видеть, что Булатов делает из нее высшую цель своего существования.

Посмотрим.

XVII

В сестре Саше происходит какой-то переворот. Она порывается опять сблизиться со мной:

— Ты была у Булатовых? — спрашивает она меня.

Я ответила односложным "да".

— И собираешься не на шутку воевать с maman?

— К чему же непременно воевать?

— Maman очень недовольна тобой, и на твоем месте я бы не раздражала ее без надобности... Ты разве очень уже...

И Саша не докончила.

— Что — уже? Договаривай.

— Увлечена им?

— Ты знаешь, — остановила я ее, — что это слово ко мне нейдет.

— То-то, для тебя я желала бы чего-нибудь получше. Что такое Булатов? — мальчишка!.. Не умеет держать себя в обществе, всех против себя вооружил... Да и что за положение: адвокат!..

— С какой стати ты меня сватаешь?

— Если ты будешь в пику нам всем ездить к его матери, ты кончишь тем, что привяжешься к нему. Это ясно, как божий день.

— Да ты разве еще злобствуешь на него?

Саша задумалась и тотчас же вскричала:

— Я и забыла о его существовании!

— Ну и прекрасно!..

— Но мой муж...

— С каких это пор ты интересуешься мнениями и симпатиями Платона Николаевича?

Она усмехнулась.

— Наконец, у вас в доме его терпеть не могут!

— Брату, — ответила я, — ни до кого, ты знаешь, дела нет. Если в столкновении с ним Булатов и погорячился, то сам же покончил дело.

— Покончил... — выговорила Саша с полупрезрительной гримасой.

— Гримасничать нечего, сестра. Ты повторила тогда фразу Пьера: gamin et lâche, но я уверена, что ты теперь вовсе не так думаешь об нем. Он поступил, как ему приказывала его совесть. Он тотчас же сознал, — что было слишком заносчивого в его поведении...

— Да я вовсе на него не сердита!.. Вольно же ему было воображать бог знает что.

Я, вместо всякого ответа, взглянула сестре прямо в глаза: она поняла этот взгляд и потупилась.

— Он ошибся, вот и все, — добавила она вполголоса.

— Его ошибка была прямым доказательством того, что он на тебя смотрел гораздо лучше, чем все те, кто за тобой ухаживал.

— Может быть, но теперь дело идет о тебе, а не об нем. Если ты хочешь выдерживать характер, — твоей войне с maman конца не будет.

— Напротив, я надеюсь ее покончить очень скоро.

Я сказала это таким заключительным тоном, что сестра больше уже не продолжала на тему о Булатове.

Оставшись одна, я пришла к такому выводу: Булатов должен изменить свою роль vis-a-vis всего "штукатуренного" бомонда. Он разорвет с ним внутреннюю, нравственную связь; но ему вовсе не следует скрываться и фрондировать как бы из-за угла. Надо это уладить. В нем столько оригинального и мягкого ума, что он капризничать не станет.

XVIII

Я поехала в окружной суд с Машенькой Анучиной и ее матерью.

Булатов не мог знать про это. Я не видала его матери и ничего ей не писала. Машенька так помирилась с "важнюшкой", что для нее это путешествие в суд было каким-то праздником. Она всю дорогу болтала без умолку и заранее волновалась:

— А вдруг как он сконфузится, увидавши нас? Он смел, но на каждого смельчака может напасть такой стих...

Признаюсь, и я не совсем была спокойна; скажу даже больше: меня щекотало какое-то детское ощущение, тоскливое и приятное. Когда возок въехал на широкий двор, я заторопилась выходить. Нас высадил важный-преважный швейцар. Мы прошли большими сенями со множеством вешалок и отставных унтер-офицеров — сторожей. Машенька все шептала мне:

— А вдруг мы с ним столкнемся на лестнице? Беда!

Эта "беда" ей особенно удалась, так что я рассмеялась, хотя на сердце у меня продолжало щекотать. Мы стали подниматься по круглой лестнице с красным сукном. Я слыхала и читала, что в наших присутственных местах так грязно и мрачно, а эта лестница — препорядочная; ее розовые стены смотрят превесело. В нише поставлена статуя правосудия с очень шикарным шиньоном.

— Посмотри-ка, — сказала мне Машенька, — напротив, на другой лестнице, статуя-то совершенно такая же. Разве одной мало показалось?

— Это, мой друг, для симметрии, — ответила я успокоительным тоном, но никак не могла добиться у самой себя, — зачем понадобилось две совершенно одинаковых статуи?

Вероятно, в самом деле "для симметрии", а воображения на другую статую не хватило.

Мы вошли в довольно узкий коридор, уже порядочно набитый всяким народом: купцами, молодыми людьми в вицмундирах, женщинами в капорах и даже тулупах... Сквозь группы проскользали чиновники, с шитыми воротниками и цепями на шее. Один из них с красным и широким лицом, имел озабоченный вид и говорил зараз с несколькими лицами.

— Это пристав, — шепнула мне Машенька и остановила его на ходу.

Озабоченное красное лицо распрямилось и силилось улыбнуться.

— Посадите нас получше, только не очень близко к перилам, — сказала ему Машенька с комическою обстоятельностью.

— Пожалуйте, — кивнул нам, задыхаясь, пристав и повел по коридору до небольшой комнаты, где у двери с несколькими ступеньками стоял сторож.

Пристав пожелал, вероятно, исполнить свою обязанность перед "дамами" с особым рвением. Он протеснил нам не без труда дорогу до третьей скамьи от барьера. Машенька торжественно отблагодарила его, и мы расселись, занявши почти всю скамью. Возле меня в углу примостилась старуха, в поношенном драдедамовом салопце, в купеческой головке, повязанная под горло белым платком, который покрывал совсем уши. Лицо у нее было маленькое, морщинистое. Она то и дело мигала и отирала глаза пестрым ситцевым платком, бережно держа его в руке сложенным в несколько раз. Старушке было очень неловко сидеть, и она пугливо взглядывала на меня. Я подвинулась и сказала ей:

— Вам тесно?! Сядьте попросторнее.

Она усмехнулась и проговорила несколько дрожащим тихим голосом:

— Благодарствуйте, сударыня. Мне, ничего, просторно... Народу седни сколько нашло. Все это Сергея Петровича слушать...

Слова эти задели меня. Машенька их не слыхала.

— Вы разве знаете Сергея Петровича? — спросила я потише, наклонясь к старушке.

— Как не знать, сударыня! Он у меня сынка из-под суда выправил. Мы за него молельщики на веки вечные. Мой Вася только и говорит: чем бы т. е. ему отплатить за такую милость?.. Уж так мы им довольны, что и сказать не умею!

Мне так начал нравиться тон, которым старушка заговорила о Булатове, что я для верности спросила ее:

— Да вы о Булатове Сергее Петровиче говорите, об адвокате?

— Как же, сударыня, — об нем! Я вот приплелась сюда его, нашего соловушку, послушать...

"Соловушка" заставил меня улыбнуться.

Старушка посмотрела на меня посмелее и с очень умной усмешкой на поблекших губах начала опять:

— Мне, убогой, и не след бы в эти палаты залезать. Иной, глядя на меня, осудит: вот, скажет, старая карга притащилась, ровно без нее и присутствия не будет... И чего, дескать: пустого места ищет, или сутяжничать собралась?.. Ну и господа сидят важные, барыни, а я тут к самым, поди, перилам затесалась. Мне бы уж у дверей постоять, да тугонька я стало на ухо, а послушать хочется... Коли изволите выслушать, сударыня: Вася-то мой в артельщиках жил у енерала Ерофеева в конторе. Малый он у меня богобоязненный... Такого сына мне Господь не по заслугам моим послал... Ну, и служил он; ни от кого ни в чем замечен не был... и ему всякое доверие: большие деньги на руки получал и все это он, как следует, справлял. Только пустяк такой вышел, из-за какой-то расписки, что ли, енерал-то его и ударь... Ну, по старому-то оно бы и обошлось, а нонешний народ не таков. Вася воды не замутит, а стерпеть этого не стерпел. Тоже, говорит, мы люди, и драться нынче никому не позволяется... Я, говорит, судиться пойду. Испугалась я в те поры, сударыня, так испугалась, что меня точно скосило что.

Ну как, мол, ты с такой особой тягаться будешь? Да он тебя туда ушлет, куда ворон костей не заносил. Нет, говорит, не беспокойтесь, маменька: есть у нас на Москве такой защитник, Сергеем Петровичем Булатовым прозывается, я к нему пойду и скажу, мол — так и так, человек я маленький и платить мне за защиту не по силам, или самую малость... а наслышамшись о вашей благородной душе, припадаю, дескать, к стопам вашим. Ну и пошел. Сергей-то Петрович, голубчик, сразу его, словно брата родного, обласкал. Никакого, говорит, мне вознаграждения не нужно: обвязанность-де моя малых сих защищать. Мы, говорит, заставим енерала, даром что он птица важная, штраф платить, а то и под арестом у нас насидится. Меня все, сударыня, страх разбирал, и я божески Васю просила бросить это дело. Он в Сергея Петровича, ровно в каменную стену, уверовал. Ну, и пошел судиться к мировому и меня потащил. Я было и руками и ногами... Вы, говорит, мне родительница и следует вам пожаловать туда, где меня такой человек, как Сергей Петрович, защищать будет. И пошла я, сударыня, ни жива, ни мертва. Тогда еще эти мировые совсем внове были. Ну, и заговорил Сергей Петрович... Меня так слеза и прошибла. И дастся же от Господа такой дар!.. Так у него и льется, так и льется... струя медоточивая... Моего Васю оправил, что ни на есть лучше, а енерала-то почал доезжать... то есть, сударыня, так он его отбрил, так отбрил, что мировой не выдержал — усмехнулся, а в народе-то смех... И все-то великатно, по-благородному, из книжек каких-то всякие примеры приводил... Я испугалась, матушка, как бы с енералом-то удара не случилось: так он весь и побагровел...

Старушка остановилась перевести дух и спросила меня:

— Вам, сударыня, небось, незанятна моя болтовня? Простите, Христа ради: я по убожеству своему...

— Говорите, говорите! — ответила за меня Машенька. Она слышала весь рассказ и шепнула мне: — Какой счастливец! Во всем-то ему везет!

Я дотронулась до руки старушки и головой попросила ее продолжать.

— Ну, и приговорил мировой енерала к сторублевому

штрафу... да-с! Он, известно, в большую ярость пришел и в съезд жаловался. Ну, и в съезде опять то же: Сергей Петрович еще пуще его отбрил, а его там уж двое защищали; мошна велика, да правды-то за ним не было. Опять он виноватым оставлен и сторублевую с него взыскали. Да еще, сударыня вы моя, окромя этого штрафу присудили выдержать на дому целую неделю. Ну, енерал-то на стену полез!.. Такому барину долго ли на маленького человека невесть что взвести, когда нутро-то ему от злобы разжигает? Ни мало ни меньше, как подал в суд на Васю: якобы, то есть, он украл у него пакет с билетами какими-то, как еще на службе-то у него артельщиком состоял. Билетов прописал на несколько тысяч... И так все подведено было, матушка, что за Васей-то архангела прислали и засадили в острог! Что мои старые глаза в те поры слез выплакали!.. Вася мне говорит: идите вы, маменька, к Сергею Петровичу, он меня не выдаст. Побрела я к моему голубчику, — и в ноги ему... Он меня сейчас это подхватил и на стул сажает. И к Васе-то в острог мигом прибыл и почитай кажинный день ездил и бумаги всякие писал. Кабы не он, морили бы они Васю еще с полгода. Ну, и судный день пришел... За меня-то Вася очень уж сокрушался: вы, говорит, маменька, не ходите в присутствие; я Сергея Петровича просить буду, чтобы он, то есть, вас к делу не припутывал, хоша бы и за мою невинность ответ держать. А Сергей-от Петрович на том и стоял, что мне беспременно нужно гг. судьям все рассказать, что у меня в памяти осталось, — куда Вася ходил, примерно в такой-то день, и носил ли что и об чем толковал со мною. Ничего, сударыня; Господь подкрепление мне послал, отстояла я перед гг. судьями и сама диву далась: откуда это у меня речи берутся? Другой-то енеральский стряпчий все меня сбить норовил, да нет — я ему на все его каверзы ответ держала... И то есть, так разливался наш соловушко в эфтот раз, так разливался... Я навзрыд заплакала; уж и не к месту было перед всем синклитом, да не сдержала чувств своих. Небось и гг. судей слеза прошибла. Васю моего "аки ризу убелил", вот как в писании говорится. Эти заседатели-то присяжные больше получасу не толковали; приходить их набольший с листом, и там стоит: неповинен ни в какой краже. Так я и бухнулась перед Сергеем Петровичем. Он меня опять подхватил и в обе щеки целует, голубчик; и у самого на глазах слезы. Этакой радости в жисть свою не имела...

Старушка глубоко вздохнула, вытерла глаза платком и, обернувшись ко мне побольше лицом, промолвила:

— Благодетель он наш великий! И неугасимая лампада у меня перед иконой Смоленской Одигитрии денно и нощно за здравие раба божия Сергия...

Мне стало особенно тепло от слов старушки. Я не ожидала такой безыскусственной и глубокой искренности. Я счастлива была за Булатова, но не сумела бы продолжать беседу в том же тоне, если б старушка не заговорила опять под шум залы:

— Ну вот, сударыня, Вася-то мой и вышел чист, как голубь. Ведь ноньче не то, что по-старому: оставили, мол, в сильном подозрении, то есть, мол, поймать не пойман, а и честным человеком тоже нельзя назвать. Вышел правым из суда — тебе всякий почет. Вася мой сейчас же место еще лучше прежнего достал, да и тут Сергей Петрович рекомендацию дал. Дела-то у Васи по горло, — целый день на ногах; а я, сударыня, прежде-то торговлю непущую вела, да плоха уж я совсем стала: и не досмотрю, и не дослышу. Без дела-то сидеть тоже одурь берет. Вася-то у меня грамотей большой, ведомости все читает, и пуще всего, что в судах делается. Ему бы только Сергея Петровича послушать, да служба-то не пускает. И говорит он мне: вы бы, маменька, когда слабости большой в себе не чувствуете, для развлечения в окружной суд похаживали, Сергея Петровича послушали бы и мне бы рассказали, как дело было... Ну, и полюбилось мне, сударыня, сюда ходит... Вася в ведомостях прочтет и говорит: "Вот во вторник наш голубчик будет мужичка защищать, от каторги его спасет; вот бы, маменька, послушать!" Я с великой радостью... Всего-то присутствия не высижу иной раз: калачика перекусишь, а все тебя тошнить почнет... А уж коли голубчик наш речь держит, я хоть пять часов сряду, глаз не смыкаючи, просижу.

Шум и говор в зале вдруг смолкли, и старушка моя остановилась, нагнув голову. Мы с Машенькой тоже встрепенулись. Я только тут оглянула обстановку судилища. Все мне показалось очень нарядно. Я видела парижские ассизы, и они оставили во мне впечатление чего-то мрачного, пыльного и затхлого...

Тот самый пристав с красным лицом, который рассаживал нас, показался из левой двери, в глубине залы, и крикнул:

— Господа, суд идет!

Все встали. И мы также. Машенька дернула меня за рукав и прошептала:

— Погляди, вон он, около пюпитра, налево... видишь?

Я приподнялась на цыпочках (передо мной стоял какой-то толстый барин с меня ростом) и действительно увидала Булатова.

XIX

Он облокотился на пюпитр и, прищуриваясь, осматривал залу. На лице его я не прочла ничего, кроме некоторого нетерпения. Вырез жилета очень эффектно выделяется на фоне фрака. Манжеты были неумеренно выставлены из рукавов. Я не знаю, почему вид его в эту минуту нарушил впечатление рассказа старушки. Я тотчас же взглянула на нее. Она подалась вся вперед, приподнялась, сколько хватило у ней сил, и глядела на Булатова с умилением, над которым не трудно было бы рассмеяться, если б не знать, какое чувство одушевляло ее.

Старушка примирила меня тотчас же с этим противным жилетным вырезом "en limande", который придавал Булатову такую неадвокатскую внешность.

Суд расселся. Началась процедура с присяжными. Старушка не вытерпела, нагнулась ко мне и прошептала:

— Вон он, наш соколик; глазки-то прищуривает, не чует небось, что на него добрые люди смотрят. И никого-то он, матушка вы моя, не боится...

Вид у него был, действительно, немножко "черт побери!"

— Заприметили вы его, сударыня? — спросила старушка. — Или впервой еще здесь?

— Вижу, — ответила я.

— Ну, как на ваш взгляд?

Я рассмеялась и не знала, что сказать.

— Ведь этакого молодца поискать. Держит себя с гг. судьями-то неглижа... Ему на ногу не наступай. Сейчас встанет и учнет им в закон тыкать. Один тут председатель куды уж его недолюбливал... все норовит нравоучение ему; а он-то его бреет, а он-то его бреет... Зато с нами, убогими, агнец кроткий...

Старушка примолкла; ввели подсудимого. Булатов переглянулся с ним и потом пододвинулся к барьеру, где тот сел на скамейку между двумя жандармами. Подсудимого я воображала в каком-нибудь тулупе или халате, а он оказался очень важным барином. Его лицо мне сразу не понравилось: черный, прилизанный парик, бакенбарды, кажется, подкрашенные, острый нос, багровые щеки. На шее у него был цветной шарф, голову держал он чересчур высоко и тотчас же выставил руку с перстнями. Он оглядел залу серыми, фальшивыми глазами и усмехнулся; потом вынул цветной фуляровый платок и громко высморкался.

Булатов стал с ним перешептываться. Подсудимый облокотился о барьер и подставил ему левое ухо, и вместе с тем кидал препротивные взгляды на публику. Мне не по нутру было видеть Булатова в такой приятельской беседе с этой подкрашенной невинностью.

Нас Булатов все еще не узнавал. Он не знал, кажется, что мы будем; а по близорукости своей разглядеть на таком расстоянии не мог.

Старушка проговорила:

— Ишь какой барин провинился. Слышно, по духовной какой-то сфальшивил али что...

— Сфальшивил? — переспросила я.

— Да, сударыня; Вася в ведомостях читал; на большую, слышь, сумму, якобы то есть, подпись, что ли, подделал...

Лицо подсудимого было совершенно в таком вкусе. Если б я очутилась среди присяжных, я сочла бы его способным и не на подделку подписи...

XX

Стихло в зале. Начался допрос. Свидетелей было очень много. Длилось это часа два. Булатов то и дело задавал им вопросы и несколько раз председатель останавливал его. Он отвечал каждый раз сдержанно, но с язвительною интонацией. Сейчас видно было, что он чрезвычайно изворотлив и находчив. Эта находчивость не совсем нравилась мне. Ответит он ловко прокурору или председателю, и сейчас оглядит всю аудиторию:

"Каков-де я: полюбуйтесь на мои диалектические способности!"

Или уж мне очень противна была физиономия подсудимого; но выгораживанию его, которому Булатов предался с таким рвением, я сочувствовать никак не могла. Еще до обвинительной речи мне было ясно, что барин с кольцами — виноват. Мы переглянулись с старушкой в одном месте, когда не оставалось никакого сомнения.

— Подделал, — шепнула она, — и чего Сергей Петрович его, бесстыдника, ослобонить хочет!

Эти слова болезненно отозвались во мне. Совсем не того ждала я от сегодняшнего зрелища. Лимб, которым окружила старушка Булатова в своей прелестной повести, стушевывался. Предо мною стояла другая действительность...

Обвинительная речь не указала ни на какие новые факты да и сказана была плоховато. Господин, говоривший ее, хотел что-то такое изобличить в нашем обществе, но у него ничего не вышло. Я взглянула на присяжных; первым сидел лысый барин, с крестом на шее, было два в военных сюртуках, человека с три чиновничьего вида, а остальные купцы и мещане, должно быть: все больше в длиннополых синих кафтанах. Почти все их лица говорили во время прокурорской речи:

"Что вы, батюшка, стараетесь? Мы и так видим, какого сорта артист стоит перед нами: будьте покойны, не вынесем оправдательного вередикта".

Так понимала дело и моя старушка.

Начал говорить Булатов. Тишина сделалась еще торжественнее. Мы, все три, не спускали с него глаз. Он стоял в пол-оборота: лицом наполовину к присяжным, наполовину — к публике. Правую руку заложил он за жилет, который так смущал меня, а левой сделал движение, как бы приглашая залу к особенному вниманию. Заговорил он тихим, очень тихим и слащавым голосом, точно какую проповедь. Я через несколько фраз поняла, зачем он так начал. Вступление построил он на общей мысли о темных сторонах нашего старопомещичьего быта и о корыстолюбивых инстинктах, которые всплывают наружу и кишат всегда около большого наследства. Он хотел отвлечь внимание присяжных от личности своего клиента. Купцы и мещане сначала было жадно прислушивались, но очень скоро лица их приняли недоумевающее выражение; некоторым захотелось даже зевнуть. Булатов заметил это. Он переменил тон и пустился в разные опровержения доказательств прокурора. Это ему удавалось очень часто и всякий промах противника он поддевал с едкостью, от которой в публике шел саркастический гул. Председатель сделал нам даже выговор. Всю эту "казуистику" я бы ему простила, коль скоро он раз взялся оправдывать подделывателя подписей. Но то, что французские адвокаты называют "péroraison", совершенно расстроило меня. Тут заслышались какие-то дрожащие ноты, явился фальшивый тон голубиной мягкости и всепрощения, вперемешку с отступлениями и выгораживаниями своей личности, с намеками на то, что он, Булатов, не может же защищать человека, которого не считает честным. А старание-то его и показывало, что он вовсе не убежден в невинности подсудимого. Конечно, каждый из синих кафтанов чувствовал это своим чутьем так же хорошо, как и моя старушка. Конец речи я прослушала с опущенными глазами. Мне совестно было взглянуть направо или налево, хотя я прекрасно знала, что Машенька не подметила в речи всей той фальши, которая раздражала и огорчала меня.

XXI

"Péroraison" кончилось ловкой, актерски-сказанной фразой об относительности всех преступлений вообще и о проницательном беспристрастии присяжных.

Я оглянула залу. Некоторые лица были возбуждены, — больше все мужские. Видно было, что мужчинам понравилась бойкость конца речи.

— Кончил, сударыня, — прошептала мне старушка.

Машенька, как кажется, была в недоумении, но, сделавши маленькую гримасу, сказала с ударением:

— Что и говорить! Жюль Фавр!

Нам со старушкой было так неловко, что мы продолжали смотреть в разные стороны. Булатов, покончивши речь, поговорил опять с подсудимым. Оба они улыбались. Вскоре за уходом присяжных он скрылся из залы.

— Мы будем дожидаться? — спросила меня Машенька.

— Дождемся, надо знать приговор присяжных.

— Очень уж здесь жарко, да и чего дожидаться? Верно, его приговорят... я жалеть не буду.

Старушка услыхала эти слова Машеньки, обернула голову в нашу сторону и слегка улыбнулась.

— Уж подлинно, прости Господи, нечего жалеть... Из себя важный барин, а на какие дела пошел... Бесстыдник!

Она вздохнула, отерла платочком правый глаз и продолжала робким голосом:

— Уж и ума не приложу, как это голубчик наш, Сергей Петрович, за такого стрекулиста грудью стал. Доброта у него большая, да ведь это честным людям соблазн. Так ли я говорю, сударыня, али, быть может, грешным умишком своим не разумею, кто тут прав, кто виноват?

Я почувствовала, что начинаю краснеть. Машенька, не дожидаясь моего ответа, отрезала:

— Он — адвокат. Он всякого должен защищать.

— Вы правы, — сказала я старушке. — Можно было бы и не браться за такое дело.

Машенька хотела было возражать мне, но жар слишком беспокоил ее.

— Выйдем на минуточку, — начала она приставать ко мне, — я совсем задыхаюсь. Теперь уж никто больше не войдет; наших мест не займут. Выйдем немножко в коридор.

Я согласилась.

— Мы вернемся, — сказала я старушке, — я еще с вами не прощаюсь.

— Местечко-то ваше, сударыня, я постерегу. Очення уж душно. Да мне в привычку стало. Долго-то, поди, тянуть не будут. Дело-то больно срамное... само за себя говорит.

Мы вышли из залы не в ту дверь, откуда вошли, а налево, около возвышения, где сидят подсудимые, и очутились прямо в коридоре. Там был большой шум и говор. Машеньке сделалось неловко, что мы одни. Мать ее все время дремала, и Машенька сказала ей, чтоб она осталась поберечь наши места. Мы остановились у окна в глубине коридора. Мне не хотелось говорить, потому что нужно было говорить о Булатове и его речи. К счастью, Машенька совсем разомлела от жара, и ее словоохотливость пропала.

Сквозь говор заслышала я вдруг голос Булатова. Можно было бы успеть уйти из коридора в залу, но я не позволила себе такого малодушия. Булатов шел в нашу сторону с каким-то господином, в синем вицмундире с золотыми пуговицами. Он имел совершенно довольный вид, двигался медленно, несколько раскачиваясь и помахивая своим pince-nez. Увидал он нас с Машенькой только тогда, когда почти наткнулся на нас.

— Вы нам не кланяетесь, Сергей Петрович? — сказала Машенька.

Он весь встрепенулся.

— Как, вы здесь?!

Это восклицание относилось ко мне. Булатов крепко пожал мне руку и немного покраснел.

— Мы здесь с начала заседания, — продолжала Машенька, — и речь вашу всю выслушали.

Булатов не обратил почти внимания на ее слова и проговорил, подойдя ближе ко мне:

— Вы неудачно попали. Зачем вы меня не предупредили?

— К чему же было предупреждать вас? — ответила я. — Разве вы для нас стали бы больше стараться?

Булатов надел свой pince-nez и пристально взглянул на меня. Вероятно, тон моих слов показался ему чересчур сухим. Я не хотела этого; но так вышло само собою.

— Усердствовать я не стал бы; только можно было выбрать процесс с другими мотивами. Сегодня я должен был пуститься в разные казуистические тонкости.

Я ничего не ответила на эту фразу.

— А его оправдают? — спросила Машенька.

— Нет, — ответил небрежно Булатов. — По двум вопросам обвинения присяжные выскажутся отрицательно, и наказание будет смягчено двумя степенями.

— Да вы сами-то верите в его невинность? — допытывалась Машенька.

Булатов усмехнулся нехорошей усмешкой и проговорил:

— Chi lo sa! Абсолютно никто ни в чем не виноват.

Ответ пришелся мне вовсе не по вкусу.

— А успехом вашей речи вы довольны? — продолжала допрашивать Машенька.

Ее вопросы видимо злили Булатова. Он прищурил левый глаз и весьма небрежным тоном кинул ей:

— Успех или неуспех скажется в приговоре, а что говорит публика — вы это должны знать лучше меня.

Наклонясь ко мне, он сказал почти шепотом:

— Откуда сие безмолвие? Услышу ли ваше мнение?

— Не теперь.

— Стало быть, недовольны?

— Я "в размышлении".

— Как Софья Павловна о Чацком или немножко похуже?

Мне трудно было бы ответить. В коридоре смолк шум; все двинулись в залу. Булатов быстро оглянулся, кивнул нам головой, торопливо сказал:

— Пауза кончена. Мы увидимся еще, не правда ли?

И убежал.

XXII

— Он, кажется, не очень доволен, — сказала Машенька, — а хорохорится. Ты что же ему ничего не заметила?

— После, — выговорила я, и мне стало в эту минуту неловко, неприятно, тяжело.

Мы протолкались до нашей скамейки. Мать Машеньки продолжала зевать. Старушка что-то жевала, прикрывая рот платком.

Вердикт присяжных вынес лысый барин с крестом на шее. Булатов угадал. На два вопроса присяжные дали отрицательный ответ, на остальные — ответили "да".

Булатов улыбнулся во весь рот и, как мне показалось, самодовольно взглянул в нашу сторону.

Приговора суда ждали мы недолго. Господина с перстнями ожидало путешествие в отдаленный губернии.

Мне не хотелось еще раз встречаться с Булатовым, но не в моем нраве избегать чего-либо, как бы оно ни было для меня неприятно.

Машенька разбудила свою мать. Глядя на нее я подумала: "Лучше бы и мне было проспать все заседание".

В коридоре мы не встретили Булатова. Сошли мы вниз и в сенях были немножко задержаны. Я шла с Машенькой и только что взялась за ручку двери на крыльцо, как меня кто-то сзади окликнул; это был Булатов.

— Вы видите, — сказал он довольным тоном, — вышло по-моему.

— Что же?

— Облегчили на две степени.

— А больше вы ничего не желаете для вашего клиента?

— Он и за это должен благодарить святых угодников.

Я промолчала. Булатов запахнулся в свою шубу и надвинул на глаза меховую шапку.

— Когда же вы к нам? — спросил он и просительно взглянул на меня.

— Как-нибудь на днях.

Я чувствовала, что мой ответ очень сух, но придать ему другую интонацию я не могла.

Он подсадил меня в возок. Садясь, я оглянулась еще раз, — не увижу ли моей старушки на крыльце; но старушки не было.

XXIII

Мне тяжело. Я не имею, конечно, ни малейшего права подозревать Булатова в чем-нибудь неблаговидном по одному сегодняшнему заседанию; но не могу же я отрешиться от совершенно ясных, реальных впечатлений... И эти впечатления очень, очень неутешительны. Я ожидала услышать убежденное слово... Манерность, некоторую фразу, рисовку — все это я бы простила, все это я знала наперед. Но тут было совсем не то. Грунт был фальшивый. Таланту много, слишком даже много для такого молодого человека, но на что он его употребил?

Рассказ старушки слышится мне до последнего слова. Такое свидетельство говорит больше, чем всякие похвалы светских людей. Значит, он способен на истинно-благородный порыв. Там он защищал бедняка при полном убеждении в его невинности.

И это даже готова я заподозрить в настоящую минуту. Кто мне поручится, что он не взялся за защиту какого-нибудь артельщика из-за того только, чтоб выставить себя благодетелем униженных и оскорбленных? Оно так красиво и... выгодно. Уж, конечно, один такой процесс увеличил ему практики на несколько тысяч рублей.

Неужели тут одни только деньги, деньги и деньги?! И это называют честным делом, и составляют себе громкую репутацию, и считают себя представителями общественной совести!..

Что же я скажу его матери? Она наверно будет допрашивать меня. Скрыть то, что я была в окружном суде — нельзя. Булатов ей расскажет сегодня же о нашей встрече. Отделаться общими фразами? — она меня слишком хорошо поняла, да я и не сумею этого сделать.

Право, смешно мне становится, глядя на самое себя. Из-за чего я волнуюсь? Точно я могу что-нибудь изменить, исправить, сделать из черного белое, вдохнуть то, что я считаю высоким, в первого попавшегося.

Но в том-то и беда, что Булатов для меня не первый попавшийся.

XXIV

Родительница и тут подлила должную каплю. Она конечно узнала, что я была в окружном суде, и ей даже кто-то рассказал, по какому делу защищал Булатов.

— Насладились? — спрашивает она меня.

— Чем это, maman?

— Красноречием вашего героя?

— Слушала.

— Хорошая профессия — брать деньги с мошенников.

— Ты о чем же говоришь, maman?

— Ведь вы сидели там, в суде-то, чуть не до глубокой ночи: знаете все подробности дела. Сами теперь видите... daus quelle fange barbote votre héros.

Я уклонилась от дальнейшего диалога. Мне довольно было и собственного раздумья.

Но от разговора с матерью Булатова уйти нельзя. Вот ее записка:

"Я так счастлива, мой друг, услыхавши от Сережи, что вы были вчера на заседании и слушали его. Простите моей старушечьей бесцеремонности. Очень бы мне хотелось поговорить с вами и узнать, точно ли мой мальчик так отличается, как об нем кричат. Вы мне немножко, друг мой, обещали это. Только, пожалуйста, будьте со мной пооткровеннее. Жду от вас словечка, когда навестите меня. Знаю, что вам не очень весело; но уже на этот раз вы простите мне мой старушечий материнский эгоизм. Крепко целую вас".

Я ответила, что буду завтра, к восьми часам. Но я должна

поговорить и с ним. Так этого нельзя оставить. Только при Анне Павловне дело все-таки не пойдет.

XXV

Я сказала maman, что еду к Булатовой. Она взглянула на меня... как будто хотела сказать: "Погодите, настанет день суда и расправы, и тогда мы вас засадим куда следует".

Поехала я немного раньше восьми часов. В передней меня встретил Булатов. Значит, он ждал и видел, как экипаж подъехал к крыльцу.

— Maman извиняется перед вами, — сказал он, когда мы вошли в залу. — Ваша записка по городской почте шла целые сутки; она ее получила час тому назад и совсем уж собралась ко всенощной. Она будет минут через десять.

Все это он выговорил несколько отрывисто, взволнованным голосом, ведя меня в гостиную. Я не посмела заподозрить Анну Павловну в умышленном отправлении в церковь. Но мне показалось, что Булатов хочет представить в самой благовидной форме то, что само по себе было как нельзя более просто.

— Я приехала несколько раньше, — сказала я.

Мы сели на диванчик.

— Лизавета Павловна, — начал Булатов, — вы остались недовольны мною третьего дня?

— Да, Булатов, я смущена...

— Вам противно было то, что я защищал господина, совершившего подлог?

— Вы, стало быть, сами признаете его виновным?

— Что же я могу против вередикта присяжных?

— Оставьте казуистику, Булатов, и скажите мне попросту: было ли у вас убеждение в невинности вашего клиента, когда вы познакомились с делом? Это не допрос. Это — дружеское обращение. Впрочем, если вам трудно отвечать — не отвечайте.

— Нисколько не трудно. С вами мне хитрить нечего:

виновность моего клиента стояла предо мною так же ясно, как и пред присяжными.

— И вы могли его так защищать?! — вырвалось у меня.

— То есть как же это — так? Я защищаю всех с тем знанием и искусством, какие есть во мне. Было бы противно всякой логике и справедливости на защиту одного полагать все свои силы, а другого выдавать руками и ногами юстиции. Тут все дело сводится к тому, браться или не браться за защиту.

— Да к этому, — повторила я, — и выбор такого клиента...

— Не делает чести адвокату, хотите вы сказать? Но вам, может быть, небезызвестно, что каждому подсудимому дается защитник от суда, если он сам не нашел себе адвоката. Меня, и другого, и третьего могли назначить защитником этого господина. Не будь такого закона, нравственная брезгливость адвокатов была бы, может быть, причиной того, что множество подсудимых осталось бы без защиты.

Выговоривши всю тираду залпом, Булатов встал и по обыкновению своему заходил по комнате. Его возражение не смутило меня; я одумалась и сказала:

— Согласна с вами, Булатов, но вы не были поставлены в такое положение. Вероятно, этот барин сам обратился к вам?

— Да.

— И... — я остановилась.

— И?

— И предложил вам вознаграждение?

— Само собою. Как же вы хотите, чтобы я работал даром на человека, имеющего очень порядочные средства!

— Но сами эти средства такого происхождения...

— Как можете вы это знать? До совершения преступления он был состоятельный человек.

— Да, все это так! — вскричала я. — Но вы меня ничем не убедите, что вы не могли отказаться от такого дела!

— Конечно, мог... Что ж из этого? Адвокатское звание не есть вовсе дело моралиста или проповедника. Всякий человек, как бы он ни был виновен, заслуживает известного снисхождения уже потому, во-первых, что он сам по себе ничего не значит вне условий общественного быта, на которые и должна падать главная часть уголовного вменения. А во-вторых, желанию подсудимого подвергнуться меньшей степени наказания никто из нас не может не сочувствовать. Я понимаю, вам хотелось бы самых идеальных отношений защитника к подсудимому. Вам противно, что мы берем деньги со всякого, кто может их платить. Но как же, смею спросить, определите вы границу, за которой начинается законное и честное вознаграждение? Возьмите какой-нибудь гражданский процесс. Часто дело выигрывается потому только, что одна сторона имеет больше чисто-формальных прав. Я беру с нее процент. Никто не находит этого недобросовестным. А чем же такая защита лучше той, которая так возмутила вас третьего дня? Чем этот процент идеальнее и чище гонорара, взятого мною с того барина за облегчение его наказания двумя степенями? Вы скажете, пожалуй: не берите грязного дела, в то время, когда вы можете защитить какого-нибудь бедняка, действительно ни в чем неповинного. Но не думайте, что процессы являются по нашей воле. Ведь и повинные бедняки не вырастают, как грибы; а сделать своей специальностью исключительно даровую защиту всех карманников — на это я себя не готовил! До сих пор я лично не отказывался ни от какого дела, не взвешивал сильно, выгодно или невыгодно мне будет защищать, если я видел, что дело мне по силам. Придет ко мне бедняк, я возьмусь за его защиту...

— Когда дело эффектное, — подсказала я.

Булатов, стоя в это время предо мною, нахмурился, вскинул на меня глазами и ответил более резким тоном:

— Да, когда оно крупное, — это моя специальность: мелких дел я не беру.

Он прошелся раза два по гостиной и, подойдя опять к дивану, спросил меня:

— Угодно вам, чтобы я продолжал? Все, что я вам сейчас сказал — общие места адвокатской практики; но только практика дает настоящее понимание житейской стороны нашей профессии. Жизнь, Лизавета Павловна, дело грубое; в идеальные схемы ее никак не уложишь.

Эта заключительная фраза произнесена была

авторитетным тоном. Булатов сел опять возле меня и лицо его выжидало моего ответа.

— Вашими общими местами, — сказала я, — вы действительно выгородили себя, но только с формальной стороны. Кто же говорит, — вы имеете полное право защищать кого вам угодно и как вам угодно. Только внутренне-то вы не могли быть совершенно довольны собою третьего дня: это чувствовалось во всей вашей речи. Я слушала вас в первый раз в суде. Ваш талант, искусство, вашу казуистику, все это можно было сразу же разглядеть; но одушевления не было, правды в тоне не было, прямизны в доводах не было, и не потому, чтобы самое дело не позволяло вам вполне отдаться защите, а потому, как мне кажется, что вы торговались с самим собою, вы насиловали себя, вы искусственно извлекали из себя ноты, которых у вас не было в груди.

И тут я ему рассказала про свое знакомство с старушкой, про настроение мое до начала его речи, про тот теплый воздух искренности и добродушия, который разошелся весь от его защиты.

Слушая рассказ про старушку, Булатов опустил голову и стал тихо и хорошо улыбаться. Он даже немного покраснел. Эта легкая краска мне очень понравилась. Сухость нашего разговора сейчас же опала.

Он взглянул на меня особенно ласковыми глазами и проговорил:

— Умеете казнить, умейте и миловать!..

— Я хотела бы, — заключила я, — чтоб имя ваше не иначе произносилось, как с такой же любовью...

— Пожалуйте ручку, — сказал он ребяческим голосом и протянул ко мне свою большую ладонь.

— Извольте, — ответила я тем же тоном.

Он нагнулся и медленно поцеловал мою руку.

— Будьте моей живой совестью, — проговорил он тронутым голосом, все еще держа меня за руку.

— Этого я не хочу, Булатов. Вы сами очистите себя от ложной житейской мудрости.

— А вы не откажетесь следить за моими успехами?

Мы пожали друг другу руку. Он вскочил с места, весь встрепенулся и, радостно глядя на меня, громко выговорил:

— Уф!

И мы оба рассмеялись. В передней раздался звонок.

— Вот и maman, — сказал Булатов и, взглянувши на часы, заметил: — Опоздала на полчаса.

Переходя в залу он прибавил шепотом:

— Как раз столько, сколько нужно было.

XXVI

Анна Павловна, раскрасневшаяся от мороза, совсем круглая в своем салопе, начала ужасно извиняться предо мною. Надо было немножко прилгнуть и сказать, что я только что приехала, а то бы она, бедная, совсем огорчилась.

Только что мы сели в ее угловой комнате, Булатов комически раскланялся с нами и объявил, что он не желает мешать нашим взаимным излияниям.

— Я знаю, — сказал он в дверях, — что мамашенька будет вас допрашивать насчет моих ораторских и цивических доблестей. Смиренномудрие заставляет меня удалиться.

Анна Павловна не протестовала и послала ему вслед:

— Ступай, ступай, нам тебя вовсе не нужно.

Она, прежде всего, расцеловала меня и не выпускала потом моей руки из своих рук.

— Так я вас люблю, — проговорила она полушепотом, — что и рассказать трудно.

— Да за что же, Анна Павловна? — спросила я.

— Ну, уж это, мой друг, я сама знаю, за что.

И переменивши тон, она нагнулась ко мне и немножко погромче проговорила:

— Сережа вернулся третьего дня из суда очень не в духе. Никогда я не видала его таким расстроенным. Спрашиваю я, не встретил ли кого-нибудь из знакомых. Он так отрывисто отвечает: Лизавету Павловну. Разумеется, я тотчас же начала его расспрашивать, говорил ли он с вами, как вы остались довольны его речью и по какому делу он защищал. Я ведь, мой друг, не могу хорошенько следить за всеми его процессами. От него ничего путем не услышишь, а в газетах являются отчеты уже после заседания. Он отвечает мне нехотя, так кое-что. Сказал однакожь, что вы были очень молчаливы и никакого даже мнения не выразили. Это сейчас же показалось мне странным. Думаю себе, уж если Лизавета Павловна так с ним обошлась, значит, мой Сережа как-нибудь неладно вел себя. И совсем я взволновалась, поджидая вас. Записка ваша шла чуть не два дня; а тут я обещала одной моей тетушке, совсем уже старенькой, заехать за ней: ко всеноощной мы собрались. Так это все одно к одному.

Анна Павловна перевела дух, расселась на диване покойнее и выговорила с своей лучшей улыбкой:

— Уж вы, ангел мой, меня не томите больше. Вопросов вам задавать не хочу да и не сумею. Вы сами лучше меня знаете... Только, пожалуйста, не думайте, что я могу обидеться за Сережу. У меня нервов нет; в этом я совсем не московская барыня.

Анна Павловна умолкла, как бы не хотя, и опустила глаза, принявши выжидательную позу.

XXVII

За полчаса мне было бы очень тяжело с Анной Павловной, но в эту минуту я чувствовала полную возможность рассказать ей все, что я испытала в зале суда и что было сказано между мною и Булатовым в гостиной. Я это и сделала. Я знала, что Анна Павловна неспособна на бестактное обращение с своим сыном. Она не могла ему сделать никаких замечаний, который бы испортили наши отношения.

Весь мой рассказ выслушала она спокойно, приветливо и умно. Первым ее словом было:

— Сережа спасен!

Потом со слезами на глазах она горячо расцеловала меня.

— Все это, друг мой, — заговорила она прерывающимся

голосом, — я чувствовала с самых первых успехов Сережи. Есть в нашей совести такая дверка, которую никогда не следует отворять. И дошел бы он до того, что вместо сердца вделан был бы у него медный пятак. Я уверена, что он ни от кого еще не слыхал ваших слов... Я знаю его: выслушать ему такую правду пришлось ой-ой как жутко. Вы смирили его и сделали то, что я никогда бы не могла сделать. У меня характеру нет, а вы у нас вон какая: перед вами он и спасовал...

Я было хотела остановить Анну Павловну, но она, продолжая держать меня за руку, заговорила с еще большею задушевностию:

— Мне не комплименты вам говорить, друг мой. Другая бы на моем месте удержалась по разным житейским причинам. Да вот хоть бы ваша maman, если б сидела тут, наверно бы сказала: да эта старуха совсем вести себя не умеет; у ней нет никакого такта; как же это можно говорить так с девушкой, когда имеешь взрослого сына: ведь это похоже на бог знает что, на какое-то неприличное сватовство!

Я улыбнулась, вспомнивши фырканье моей родительницы. Анна Павловна заметила эту улыбку.

— Вы, может быть, и слышали уж кое-что в таком роде. Но ничем этим я не смущаюсь. С первого дня нашего знакомства с вами я поняла, какой в вас характер. И я прямо говорю: никто не может иметь теперь лучшего влияния на Сережу...

Анна Павловна остановилась, поглядела мне прямо в глаза и особенно-кротким голосом спросила:

— Могу ли я, друг мой, сделать мою откровенность с вами — как бы это сказать... уж совершенно неприличной, в светском-то смысле?

— Зачем же этот вопрос, Анна Павловна? Ведь вы разглядели меня!

— Ну, так вот что я вам скажу... чтобы между нами все было на чистоту... Если б Сережа полюбил безнадежно такую девушку, как вы, это было бы большое несчастие. Но я не боюсь его сближения с вами, потому что вы не допустите ни одной фальшивой нотки в ваших отношениях. Вы не ребенок: заметите вы, что он к вам серьезно привязывается, а в вас нет никакого ответа на его чувство — вы вовремя ему скажете, не правда ли?

— О, да! — вырвалось у меня.

— А я от себя прибавлю: полюби вас Сережа безнадежно, хоть это и большое несчастие, но оно во сто раз лучше, чем порхать, так, мотыльком, и терять душевную чистоту. Вот почему я и должна вам в ножки поклониться за то, что вы поднесли ему зеркало и сказали: полюбуйся-ка, голубчик!

Анна Павловна, выговоривши это, взглянула на меня простым и смелым взглядом. Признаюсь, я не ожидала от нее такой прыти... Женщина с более сильной натурой высказала бы то же самое менее просто.

— Ваш сын, — сказала я, — сам сознает, в чем состоит лучшая сторона его призвания... а его чувство ко мне... тут, мне кажется, милая Анна Павловна, еще нет никакой опасности.

Анна Павловна плутовато усмехнулась и проговорила:

— Не ложная ли скромность в вас, друг мой?..

И не дожидаясь моего ответа, она еще ближе пододвинулась ко мне и заговорила:

— Уж я за одно хочу вас допросить обо всем... Еще вчера, и даже сегодня, до этого вот разговора, мне было бы не совсем ловко; ну, а теперь мы все раскроем и разберем до последней ниточки... Я, мой друг, ведь знаю, что мой чадушко наделал в вашем семействе!

— Вы?

— Да, мне все рассказали. И что же выходит теперь... ведь ваша maman была у меня с вами после истории. А я, как дурак какой-нибудь, ничего тогда не знала и, разумеется, играла самую глупую роль. Показалось мне как будто, что ваша maman имеет странный какой-то тон, но вы меня совсем прельстили, ангел мой, так что я уже ничего хорошенько не разглядела. Я даже и теперь не понимаю, как ваша maman захотела сделать мне визит... Сдается мне, что этим я вам обязана. Ну скажите-ка, ведь так?

— Я только сказала maman...

— Ну вы, ну вы! Я знала это. Где ум, где такт, где доброта — это все вы!

Анна Павловна опять поцеловала меня, и хорошо сделала: я не на шутку застыдилась и начала краснеть.

— Да, вы! Без вас конечно бы maman ваша ко мне ни ногой. Была я у ней — не застала, и хоть я визитами совсем уж не считаюсь, а заметила, что тут что-нибудь неспроста: не едет ко мне ваша maman. И потом — смотрю: Сережа перестал бывать у вас. Он мне, положим, никогда не говорит, куда он отправляется, да потом, после какого-нибудь вечера, все расскажет, кого видел, что говорил... А тут ваш дом точно в воду канул: ни слова. Об вас говорит; но все в других домах встречает вас. Спросила я его как-то тут, был ли он у вашей maman с визитом. Отвечает — нет, и даже этак намекнул, что он совсем и не желает ездить в ваш дом. Ну, я и сообразила, конечно, что он что-нибудь накуролесил...

— Поверьте, Анна Павловна... — начала было я.

— Мой друг, не защищайте его... Мне рассказывали люди солидные. За этим ужином он вел себя, как дерзкий мальчишка; и прекрасно, что его все осудили... Стреляться вздумал!.. Всегда у него была эта гусарская замашка на дуэль вызывать... И если он иначе покончил всю эту историю, не вышел стреляться, никто меня не разуверит в том, что опять-таки вам он этим обязан. Ведь так?

— Да чем же обязан, Анна Павловна?

— Да уж признайтесь, что вы приняли в этом участие!..

— Я попросила Сергея Петровича не стреляться с братом, — вот и все. Я должна была это сделать, потому что столкновение вышло из-за меня.

— Знаю, мой друг, и преклоняюсь пред вами. Меня бы Сережа не послушал: уж будьте уверены... С его-то самолюбием, чтоб он пошел на мировую!.. Сейчас бы начались толки, ославили бы его трусишкой, да так, вероятно, и рассказывают дело... Хоть я бы у него в ногах валялась, он бы не отказался от дуэли. Вы одни и могли это сделать.

Я усмехнулась и сказала:

— Такого объяснения я не допускаю.

— Не допускайте, Господь с вами, да я-то знаю, что говорю дело. И благодарности моей не будет конца. Вот я вас знаю каких-нибудь две-три недели, а вы сохранили мне сына и совесть его встряхнули так, что он теперь станет иначе следить за собой. Но позвольте, друг мой, я вижу, что вы не охотница выслушивать такие истины. Виновата, больше не провинюсь! Но мне надо вот еще что сказать. Дом вашей maman закрыт Сереже. Наверно, maman ваша и со мной не хочет быть знакома... Я, разумеется, не виновата в выходках моего сынка, да ведь всех не переучишь. Я очень хорошо понимаю, что maman ваша потому уж не хочет бывать у меня, чтобы не встречаться с моим сыном. Ведь так?

— Так.

— Мне это очень прискорбно, и я готова от себя просить извинения за сына у всего вашего семейства...

— Нет, — остановила я Анну Павловну, — этого совсем не нужно! Сергей Петрович если и поступил немножко заносчиво, то он слишком дорогой ценой искупил это. Maman обожает брата и никогда не простит Сергею Петровичу его столкновения с Пьером. Никогда она не отнесется доверчиво к вашему благородному порыву, а еще менее теперь. Ваше достоинство не должно страдать бесполезно. Надо оставить это так: время, быть может, сделает свое.

— Но, мой милый друг, — вскричала с особенно живостию Анна Павловна, — вы все забываете себя!

— Как себя?

— Да как же, душа моя. Maman ваша ко мне не ездит. Дом ее заперт моему сыну. Уж, конечно, она не может желать, чтобы вы бывали у меня. Это ясно. Ведь не тихонько же вы будете ко мне ездить?

— Зачем же тихонько? Maman знает, что я бываю у вас.

— И... наверно морщится?

— Ее симпатии для меня не обязательны.

— Все это прекрасно, мой друг; но тут нет... как бы вам это сказать... неловко это... Вы, конечно, по характеру самостоятельны, совсем полный человек... Да все-таки вы девушка, вам нельзя смотреть на себя, как на отрезанный ломоть; куда ж вы уйдете от семейства? Вот я и в смущении. Так я вас полюбила, а наши свидания могут расстраивать вас с maman. Такого греха на душу я не желала бы брать... Уж как мне ни горько было бы, а я скорее лишилась бы счастья видеть вас, чем становиться между вами и матушкой вашей. Да опять и Сережа. Не будь его, оно бы все обошлось, а maman ваша в полном праве сказать: это совсем скандал, — ты ездишь к матери и видишься с сыном, которого я не пускаю в дом!..

Анна Павловна развела растерянно руками и, опустивши голову, продолжительно вздохнула.

— Ну, разве это все неправда? — спросила она меня наивно-огорченным голосом.

— Надо вам знать, Анна Павловна, — сказала я ей, — что я давно уже расхожусь в очень многом с maman. Я принуждена вести борьбу и веду ее шаг за шагом, без резкостей, но и без важных уступок. Все, что вы мне сейчас высказали, давно обдумано мною. Я объявила maman, что ваша дружба мне дорога, и в этом никакой уступки не сделаю. До тех пор, пока я по положению своему не самостоятельна, я готова подчиняться некоторым правилам... нашего света. А потом буду поступать так, как говорит мне моя совесть и мое понимание.

— Да, когда выйдете замуж.

— Пораньше.

Анна Павловна посмотрела на меня с удивленной улыбкой.

— Когда же это, друг мой?

— Очень скоро.

— Вы мне загадки задаете.

— На днях я — совершеннолетняя.

— И что же тогда?

Засмеявшись, я ответила:

— Тогда я приеду окончательно успокоить вас.

Мы поняли друг друга, и Анна Павловна не удержалась: обняла меня.

XXVIII

Пришел, наконец, Булатов.

— Исповедь кончена? — спросил он.

Анна Павловна любовно взглянула на него и была за чаем очень весела. Я любовалась ее материнским тактом. Ни одним словом не дала она заметить сыну что-нибудь насчет его поведения в истории с моим братом. И в ней это не слабость, а ум.

Мы опять, не могли поговорить с Булатовым иначе, как маленькими фразами "через самовар". Он музыки не любит; я еще менее люблю музицировать в гостях; но Анна Павловна подвела меня почему-то к роялю и попросила что-нибудь сыграть.

Булатов сел в темный угол около табурета.

— Довольны вы maman? — спросил он.

— Вашей?

— Да.

— Очень.

— Знаю, что гораздо больше, чем мной. Мне нужно с вами много и долго говорить.

— Кто ж мешает?

— Здесь нельзя.

— При вашей матери все можно.

— Да, она хороший человек; но... все-таки нельзя.

— Приезжайте к Машеньке.

— Нет, мне надоел этот "succursale" московской консерватории.

— Уж я, право, не знаю...

— Теперь во мне идет такая внутренняя работа... а тут дела, купцы, говорение... Мне нужно куда-нибудь провалиться хоть дня на три. В моем душевном чемодане все перерыто, и пора хорошенько уложиться.

Я рассмеялась.

— Над чем изволите потешаться?

— Меня рассмешила метафора.

— Нечистоплотна?

— Нет, характерна.

— Каюсь, взял у Базарова, изменивши прилично случаю.

— Я рада, что вы такой веселенький.

— Веселенький ли я — не знаю. А впрочем, да. Сегодня я некоторым образом выкупался в купели...

Я оглянулась на него. Он закрыл совсем глаза, и лицо его сильно побледнело. Значит, он напускал на себя беззаботный тон.

— Булатов, — сказала я с ударением. — Я опять заставляю вас страдать. Говорите мне все, что у вас на душе.

— Нет, после, после! — ответил он отрывисто и вскочил с места.

Я остановилась. Он подошел к роялю, взял меня за руку, пожал и скорыми шагами вышел из залы.

XXIX

Вечер у Булатовых выяснил мне почти все в моих будущих отношениях к этому дому. Я глубоко счастлива, что Булатов так хорошо принял мой дружеский протест. Он был вчера очень взволнован. Я не ослеплена на его счет. Если в нем живут некоторые дурные инстинкты, они, разумеется, не исчезнут от одного нашего разговора. Но он застыдился... и при его уме это уже не безделица. Да, может быть, и сама я слишком предаюсь идеализму. Надо войти больше в дело. Есть еще не мало вопросов, на которых нам необходимо будет сладиться.

Теперь мне нужно покончить с центральной властью... Я взглянула на мой стенной, календарь и с радостью вижу, что через четыре дня наступает мое совершеннолетие.

XXX

Ездила я часа на полтора в лавки. Возвращаюсь и нахожу у себя на столе письмо с городской почты. Беру его в руки, тотчас же узнаю почерк Булатова; но мне показалось, что правый край сверху немножко отогнут.

Письмо... Но я лучше спишу его:

"Вы не можете оставить меня на полпути! Я чувствую, что

вы одни поддержите меня. Вы прямо указали мне на пошлость многих моих побуждений. Я уже смирил раз свою личность пред вашей душевной правдой. И теперь я преклоняюсь пред нею и молю об одном: позволить мне любить вас... Забудьте, что я когда-нибудь вращался в атмосфере тех людишек, которые и вас заставляют выносить столько ненужной горечи. Я не смею сказать вам — идемте рука об руку; я буду ваш друг и защитник! Мне самому надо стать под вашу защиту. Но всякая скрытность была бы эгоистична. Я хочу, чтобы вы знали, как я на вас смотрю и как я люблю вас. Я не прошу ответа, взаимности, даже внимания. Не бойтесь завлечь меня и истомить безнадежной любовью. Большего счастья я не прошу, как позволения не скрывать от вас того, чем вы для меня стали. Уж теперь, в эти несколько дней, стряхнул я с себя много пошлого. Мое тщеславие и мой эгоизм совершенно обнажены в моих собственных глазах. Меня начинают уже давить сторублевый ассигнации моих клиентов. Я готов исповедоваться перед вами в самых сокровенных моих побуждениях; но имею ли я на это право? Лучше замолчу и буду ждать того дня, когда мне можно будет поделиться с вами чем-нибудь порядочным, если я окажусь на это способным".

Вот письмо. Оно так молодо... и так лестно для меня. Я не смела отвечать ему, не потому, чтобы во мне не говорило чувство, а потому, что я боюсь и тени преувеличения и фразы, а на бумаге непременно выйдет что-нибудь лишнее. Не гордость моя удовлетворена, а поддержана надежда на то, что наше сближение пойдет хорошо и просто. А при первой встрече я скажу Булатову: "Помогите мне полюбить вас".

XXXI

Мне хотелось провести весь день совершенно спокойно; но судьбам не угодно было, и вышло к лучшему в интересах моего федерального штата.

Наперсница maman, горничная Марфуша, явилась ко мне в комнату и сказала торжественно:

— Маменька просит вас в гостиную.

Мне что-то показалось подозрительное в этом зове. Вхожу в гостиную и что же вижу? Весь семейный синклит!

Maman восседает на диване. Направо Пьер, налево Саша, подле нее, в креслах, милейший супруг.

"Да это целый conseil de famille", — подумала я и, подойдя к столу, перед диваном, остановилась.

Maman, переглянувшись с Сашей, начала какою-то еще неслыханной мною интонацией:

— Лизавета Павловна! Ваше поведение превосходит все, что только может быть скандального в поведении девушки нашего рода и общества.

Пауза. Я молчу.

— Вы были причиной того, что брат ваш, мать и все семейство сделались предметом разговора целого города.

Опять пауза. Я опять молчу.

— Но — оставим все это. Вы осмеливаетесь вести тайную переписку с человеком, выгнанным из нашего дома.

Опять пауза. Я опять-таки молчу.

— Что ж ты стоишь, как истукан? — крикнула мне раздражительно Саша.

Пьер сдунул пепел с папиросы и поморщился; сцена была ему неприятна.

— Вы, — вопрошала maman, — надеюсь, не осмелитесь уверить, что письмо, которое вы получили сегодня по городской почте, не от Булатова? Я его видела; оно было у меня в руках!

Все радостно переглянулись. Значит, я не ошиблась: письмо прошло инквизиторский осмотр. Молчанию моему наступил предел.

— Ты напрасно, maman, — сказала я, — нарушила то, что мы раз положили между собой. Я думала, что мою переписку не вскрывают.

Раздался сардонический хохот; в нем участвовали все, кроме Пьера, — даже муж Саши.

— Да что вы со мной контракты, что ли, заключаете? —

крикнула maman на весь дом. — Девочка ведет любовную переписку, а мы ее по головке гладь!

— De grâce, pas si haut, maman, — остановил ее Пьер и указал головой на дверь в переднюю.

Родительница, немножко опустив диапазон, крикнула мне:

— Я вам приказываю показать нам сейчас же письмо, полученное вами от этого негодяя.

Пьер пожал плечами и, как бы про себя, выговорил:

— 11 ne s'agit pas de cela.

Слово "нам", употребленное maman, показало мне, что действительно был созван "синклит". Приказ требовал категорического ответа.

— Тебе, — сказала я, — я бы отдала это письмо, если б действительно оно чем-нибудь компрометировало меня. Я бы, может быть, сама пришла к тебе сегодня же и показала его; но позволь мне спросить тебя, maman: кто эти "мы", перед кем я должна отвечать, как пред каким-то судилищем? Ни за братом, ни за сестрой, ни тем менее за мужем ее — не признаю я никакого права наблюдать за моим поведением и призывать меня к ответу.

Я следила за тоном каждого своего слова, но не могла сделать содержание слов более сладким.

Maman вся вспыхнула, и конечно бы вышло что-нибудь очень "московское", если б Пьер не взял ее за руку и не ответил за нее.

— Никто из нас, — начал он каким-то дистиллированным французским акцентом, — и не берет на себя роль надзирателя за вашим поведением. Наша мать желала только попросить нашего совета и общего содействия. Вы — еще девушка и не имеете никакого самостоятельного положения. И так как вы живете при семействе, принадлежите чрез него к известному обществу и пользуетесь известными преимуществами, то вам надо разрешить дилемму: или сообразовать ваше поведение с нравами и взглядами того мира, за который вы держитесь, или отказаться от всех преимуществ вашего теперешнего положения, чтобы быть вполне эмансипированной. Вот — чего требует логика. Est-ce clair?

— Très clair, — ответила я и тотчас же подумала: "Он мне облегчил всю задачу".

Не знаю, был ли спич Пьера в духе maman; мне показалось даже, что она взглянула на него с некоторым недоумением.

— Ну да, — вскричала она, — коли вы забыли всякий стыд, коли вы не ставите ни в грош мать вашу, семейство и все наше общество, идите хоть на все четыре стороны!

— Остригите косу и наденьте синие очки!

Это милое восклицание издал супруг Саши. Его глупый и нахальный голос взорвал меня.

— Саша, — обратилась я к сестре, — попроси твоего мужа помолчать; иначе я сейчас уйду.

И глядя в сторону maman и Пьера, я сказала:

— То, что говорит брат, я понимаю и даже совершенно согласна с ним. Я не имею еще самостоятельного положения и живу в семействе, где должна была до сих пор подчиняться, сколько могла, взглядам и правилам тех, от кого я находилась в материальной зависимости. Maman, надеюсь, позволит мне окончательно обдумать свое поведение. Чрез несколько дней я выберу одно из двух: подчинюсь тому, что я теперь считаю насилием, или...

— Или что? — вскричала maman.

— Заявляю в последний раз, что не могу существовать без свободы, так, как я ее понимаю. Больше, кажется, нам говорить не об чем...

— А письмо? — вопросила maman.

— Я никуда не убегу, — ответила я. — Когда я скажу свое последнее слово, если тебе угодно, я дам тебе прочесть и это письмо. Прибавлю для твоего успокоения: я не отвечала на него.

С этими словами я вышла из гостиной.

XXXII

Мой "семейный совет" совсем забыл, что чрез четыре дня день моего рождения. Теперь мне остается обставить отделение моего федеративного штата всеми законными формальностями. Мне так хотелось бы ответить Булатову, не в письме, а на словах, но лирическую часть нашей эпопеи отложим еще недельки на две. Мне нужен совет Булатова, как дельца. Независимость моя может быть поддержана только материальным положением. Мы давно разделены с братом. У меня есть свое состояние. У maman свое. Она давала мне то, что хотела, но не проживала моих доходов. Если я теперь отделюсь, это не расстроит ее. Она не проживает и собственных доходов.

В первый раз чувствую я так живо преимущества гражданского положения русской женщины. Мы по крайней мере в собственности своей не остаемся навеки малолетними, как во Франции. В пятницу я приобретаю право делать с своим состоянием все, что мне заблагорассудится. Кончается опекунство моей матери и начинается моя имущественная самостоятельность.

Но прерогативы родительской власти остаются все те же. Тут надо уже пускать в ход дипломатию.

Не ожидала я, что Пьер так поможет мне. Его вмешательство было очень умно, хотя мотив его спича отзывался все той же сушью.

XXXIII

Когда увидала сегодня Булатова, вместо всякого ответа, взглянула на него и дала поцеловать руку. Он просиял.

Вместо нежностей вышел разговор "имеющий касательство до десятого тома". Я рассказала Булатову весь ход моих "пунических войн", сообщила и то, что чрез три дня я желаю объявить свой штат независимым.

— В каком же вкусе? — спросил он.

— А в том вкусе, который во французских семействах называется: "sommation respectueuse".

— А вы-таки преуспели в гражданском кодексе!

— Почитывала немножко.

— Ну, а что ж потом?

— А потом, Булатов, устрою себе маленький уголок и буду делать над собою опыты.

— Как, опыты?

— Конечно. Ведь, сознайтесь, вы наверно не раз спрашивали себя, если только думали обо мне серьезно: как это она может мириться со всем этим барским режимом, который окружает ее? И я до дня моего совершеннолетия ограничивалась страдательной борьбой. Я не позволяла себе ни одной выходки, я не кинулась в новую жизнь, как нынче любят выражаться. И почему? Потому что я не испытала еще себя. Я старалась не допускать в себя никаких инстинктов барышни, но успела ли я в этом, я еще не знаю. Все это покажет время с той минуты, когда я сделаюсь полной госпожой своих поступков. Может быть, я и не способна ни на какую другую жизнь, кроме барской. Если оно так, я постараюсь по крайней мере сделать ее менее нелепой и возмутительной. Так и смотрю я на свое состояние. Есть люди, которые скажут мне, пожалуй: коли вы так выше того мира, откуда вы бежите, зачем же берете вы свою долю состояния? Ведь жить, сложа руки, на ренту, куда неблаговидно. Эти люди правы с своей точки зрения; но я считаю необходимым достичь сперва пользования всеми правами, какие только закон предоставляет мне. А потом, сделавшись собственницей и полной распорядительницей своего состояния, я поступлю так, как позволят мне мои нравственные силы. Нелепо было бы, по-моему, отказаться от всего теперь, а чрез два месяца, кусать локти, сознавая, что на жизнь собственным трудом нет ни умения, ни энергии. Одобряете ли вы это?

— Безусловно.

— Ну, и прекрасно.

— Когда же будет заявлено "sommation respectueuse"?

— В пятницу мне минет двадцать один год.

— Как? День вашего рождения?

— Да.

— Подарки вы допускаете?

— Допускаю. Подарите мне десятый том и новые уставы.

А об "чувствиях" так и забыли. Вот мы какие с ним дельцы!

XXXIV

Пошла я к брату и говорю ему:

— Пьер, ты видишь, что нам с maman вместе не ужиться. Переделывать меня уже поздно; я выбираю из дилеммы, поставленной тобою, то, что мне лучше. Если б я чувствовала, что я нужна maman, я потерпела бы еще год-другой. Но ведь этого нет. Ей самой в тягость жить со мной. Скажи ты мне откровенно: был ли бы ты в состоянии ладить с ней, если б она поселилась с тобой?

Пьер поморщился и протянул какой-то звук, непохожий ни на да, ни на нет.

— &CCEDIL;a pourrait se faire a la rigueur, — проговорил он наконец после некоторой паузы.

— Maman всегда рвалась к тебе. Она будет так счастлива, проводя около тебя зимы за границей, а на лето станет наезжать в деревню.

— Все это прекрасно, — возразил Пьер, — но ты забываешь про себя. Я надеюсь, что пароксизм свободы прошел у тебя. Как же ты будешь жить одна? Разве это с чем-нибудь сообразно. Или ты поселишься у сестры? Tout ça n'a ni queue, ui tete!

— Обо мне не беспокойся. К сестре я ни в каком случае не пойду. Я могу устроиться прилично, даже и в глазах света. Я буду жить с какой-нибудь солидной demoiselle de compagnie... А соскучусь, приеду к вам. Материальной заботы о себе я ни от кого не потребую: у меня есть свои средства.

Пьер опять помолчал и выговорил:

— Nous aviserons.

Эта фраза не могла не рассмешить меня.

— И все это для того, чтобы благополучно кончить свой роман? — спросил он, глядя на меня в свой монокль.

— Это уж мое дело, — ответила я и прибавила: — Если ты находишь исполнимым то, что я тебе сказала, переговори с maman сегодня или завтра.

XXXV

Наступил давно-жданный день. Утром, рано, получила я пакет. Это был подарок Булатова: десятый том и новые уставы. Maman вспомнила однакожь день моего рождения и сама пришла в мою комнату.

— *Лизавета* Павловна, — сказала она мне самым торжественным тоном, на какой она только способна, — вы хотели меня поразить. Вы собирались объявить мне сегодня ваше последнее слово... Ведь так вы изволили выражаться? Можете и не говорить его. Я знаю, чего вам хочется, и тиранствовать над вами я не намерена. Вы ждали вашего совершеннолетия. Ну, и наслаждайтесь им. Я была вашей опекуншей по имению. Угодно вам проверить счеты? Берите ваше состояние и делайте, что хотите. Я умываю руки.

Все это было сказано залпом. В последних фразах слышалось уже слезливое раздражение. Мне стало больно за maman. Я подошла к ней и взяла ее руку. Она нехотя дала ее поцеловать.

— Что ж нам делать, maman? — сказала я. — Нам вдвоем плохо живется. Если я виновата пред тобою, то, право, не желанием делать нарочно то, что тебе неприятно. Надо нам немножко отдохнуть.

— Отдыхайте, отдыхайте! Я уеду к Пьеру. Он один только меня и любит!

Я сейчас же поняла, что брат имел уже разговор с maman и что она совершенно счастлива, а только выдерживает характер.

— Но как бы я ни любила Пьера, — заговорила она гораздо мягче, — я — мать ваша, и на мне лежит долг. Ну, рассудите вы сами (вы же умом своим так хвастаете), как же вы будете жить одни? Что про меня скажут?

— Поверь, maman, что я тебя не скомпрометирую. Ты, может быть, недовольна моим характером, идеями, тоном... Но скажи ты мне, — вот мы теперь с глазу на глаз, — разве ты в самом деле боишься за мое поведение? Ведь если б у меня была легкая натура, способная на пустые увлечения, она давным-давно бы сказалась. Поэтому ты, я знаю, во мне совершенно уверена.

Тут я подошла к своему письменному столику, вынула письмо Булатова и, подавая ей, сказала:

— Прочти, вот письмо человека, который начинает любить меня.

Она отвела письмо рукой.

— Я не хочу допытываться!

— Булатов, — продолжала я, — предложения мне не делал, и я не знаю, буду ли я его женой. Может быть, мы совсем не сойдемся. Но я к нему настолько привязана, что не хочу и не могу отказаться от знакомства с ним. Это — пробный камень моей свободы. Тебе и всему нашему семейству Булатов противен, и нет вам никакой надобности делать мне уступки. Я это прекрасно сознаю. Если же я слишком много потеряю, решаясь жить сама по себе, тем хуже для меня.

— Почему же ты не хочешь идти к сестре?

— Все потому же, maman, да и кроме того образ жизни сестры совсем не по мне.

— Что ж ты будешь делать? Заведешь у себя студенческий клуб или швальню какую-нибудь?

— Ни то, ни другое, maman. Я возьму себе в компаньонки пожилую иностранку, в свет выезжать не стану, поживу, может быть, в Петербурге, посижу хорошенько с моими книжками...

— И все это вздор! И через два месяца возьмешь в мужья этого адвокатишку!

— Ну, а если б и так, maman; неужели ты бы отказала мне в своем согласии?

— На что оно вам, мое согласие!.. Одна кукольная комедия!..

И вдруг напал на нее чувствительный стих. Она опустилась в кресла и начала проливать горькие слезы. Мы даже поцеловались.

XXXVI

Тотчас же произошла перемена декораций. Сестра Саша ударилась тоже в чувствительность, начала упрашивать поселиться у ней и получила категорический отказ. Она впрочем не обиделась или, быть может, скрыла свою обиду; но не могла не сказать мне:

— Ты бежишь от деспотизма, а сама спишь и видишь сделаться царицей.

— Это как? — спросила я.

— Очень просто. Ты хочешь быть во всем первым нумером. Ну, и подготовляешь себе мужа в таком вкусе. Булатов характером жиже тебя: ты это прекрасно знаешь; ум его тебя подавлять не будет; таланты блестящи; супружеское тщеславие будет, стало быть, удовлетворено.

Не хотелось мне отвечать Саше ничего злого, но я все-таки сказала:

— Тебе, кажется, нечего завидовать никому по части самодержавной власти над супругом. Булатов так в руки не дастся, и если он когда-нибудь сделается моим мужем, я пойду, вероятно, на столько же уступок ему, на сколько и он мне.

— Ну, и давай вам Бог совет да любовь! — сказала Саша с злобной усмешечкой.

XXXVII

Анне Павловне сообщила я об отделении моего федерального штата. Она сначала немножко испугалась, а потом сильно обрадовалась. У ней же познакомилась я с одной старой обруселой англичанкой. Она как нельзя более подходит к типу "солидной особы", какая мне теперь нужна для сожительства. Мы с нею переговорили. Она с радостью идет ко мне.

Булатову как-то все не верится, что я буду жить на воле. Он сделался сдержан в разговорах, но хорошо сдержан. Тон его с матерью стал тоже серьезнее. Он не ищет бесед наедине, и мне с ним очень легко и свободно. Но вчера мы опять поспорили из-за его адвокатуры.

Он защищал по делу, где было несколько подсудимых. Защита его была основана на беспощадном обвинении остальных сотоварищей его клиента. Этот прием мне очень не нравился.

— Где же разница между нами и прокурором? — говорю я ему. — Ваше звание тем и высоко, что оно держится за принцип всепрощения; а вы, убеляя одного, втаптываете в грязь другого, не хуже какого-нибудь французского substitut!

Сравнение с "substitut" уязвило его. Он даже прекратил разговор. В нем действительно очень еще много юношеской мелочности; но я этим не смущаюсь. Он и тут сознал, что был неправ.

Об "чувствиях" мы совсем не говорим.

XXXVIII

Решен день отъезда Пьера. Maman едет с ним. Я сделала уступку ее тревожному тщеславию. Не скрываю однакожь того, что эта уступка лучше моего первоначального плана. Я провожу maman и Пьера до Петербурга и останусь там до весны. Родительница моя будет успокоена: в московском "монде" не будут скандализованы моим житьем "на своей воле". А в Петербурге у нас нет почти знакомых, да я и не стану никуда ездить. К весне переберусь в деревню, приму там бразды правления над всеми угодьями и четвероногими. Ранней осенью вернусь в Москву; к тому времени все перемелется. Да и какое мне дело до грозных "les-on-dit"!..

Анна Павловна огорчилась, узнавши об этом плане. Мне ее страшно жалко, но так будет лучше. Она так добра и умна, что через десять минут сама стала укреплять меня в моем намерения.

— Приеду к вам погостить, ангел мой.

И порешили мы, что последнюю неделю поста и Святую она проведет в Петербурге, а оттуда я ее провожу до Москвы.

Булатов вскипел и обозвал мое поведение "малодушием" и "тайным аристократизмом".

— А чемодан-то свой помните? — спросила я.

— Помню.

— Нужно вам уложиться?

— Нужно; но ваше присутствие тут главнее всего.

— Полноте, Булатов, — ответила я решительно, — этим злоупотреблять не следует. Вы сами себя поведете. Нам обоим необходимо успокоиться и осмотреться. Ведь всего каких-нибудь два месяца; а весной я буду опять здесь, мы сведем итоги и, если можно будет, выдадим друг другу по похвальному листу.

Он долго молчал и медленно выговорил:

— Вы опять правы.

XXXIX

Случилось так, что maman с Пьером уехали в Петербург днем раньше. Хотя я и увижусь с ними опять послезавтра, но они почему-то простились со мной так, точно будто мы больше не увидимся. Они, должно быть, не верят моему приезду в Петербург.

Одно мне было приятно: maman как-то успокоилась на мой счет или, лучше сказать, поняла окончательно бесполезность домашних распрь. Мы с ней хорошо простились. Мне было бы слишком тяжело отстоять свою независимость ценою неестественных отношений с матерью. По-своему, и она, и я любим друг друга.

Пьера я поблагодарила за его умное вмешательство; он прикоснулся губами к моему лбу и проговорил:

— Trop de picrate, ma chère, trop de picrate.

Он пребыл до конца верен самому себе. Ему в сущности все это, как немцы говорят, "ganz Pommade".

XL

Уехали они в Петербург. Поеду ли я за ними или нет? Да, поеду. Мы ведь с Булатовым не итальянцы... Мне едва-едва хватит времени перебрать в два месяца то, что привелось пережить в эту зиму.

Идти ли еще за недосягаемым идеалом? К чему? Любить нужно. Хорошо поместить свою привязанность — большое счастие, но искать людей, невыработанных жизнью — нелепость! Я могу, конечно, уехать сейчас за границу и произвести смотр всем блестящим молодым людям. Нет, я знаю их! А людей дела, мысли, таланта мы не удовлетворим. Да и вряд ли может быть полна жизнь какой-нибудь международной четы! Лучше взять что есть, без обмана и без фразы. Зазнала я живого человека со множеством недостатков, видела его в разных житейских случаях и нашла, что он дитя своей эпохи, характерен, призван к деятельности, выше умом и пониманием всего, что мне готовила барская сфера. И наша повесть еще не окончена. Горько мне будет отказаться от него; но надо идти и на такой исход. Во мне самой лежит быть может червяк, который подъест нашу симпатию. А коли нет — мы попросту подадим друг другу руку и пойдем дальше... бороться и с тем, что в нас засело гнилого и вздорного, и с тем, что вокруг нас будет вызывать на борьбу.

И, быть может, не обманем мы друг друга, говоря в ту минуту, когда несколько нежных пар идут на ложь и раздор, заветные слова прочной англо-саксонской расы: "for ever!"

www.ingramcontent.com/pod-product-compliance
Lightning Source LLC
Chambersburg PA
CBHW020524310726
48979CB00014B/2205/J

* 9 7 8 1 6 4 4 3 9 5 4 8 6 *